主编　凌翔

遇见你温暖我

李永海　著

民主与建设出版社

·北京·

© 民主与建设出版社，2021

图书在版编目 (CIP) 数据

遇见你温暖我 / 李永海著. —北京：民主与建设
出版社，2021.5

ISBN 978-7-5139-3537-1

Ⅰ.①遇… Ⅱ.①李… Ⅲ.①散文集—中国—当代
Ⅳ.① I267

中国版本图书馆CIP数据核字(2021)第084935号

遇见你温暖我
YUJIANNI WENNUANWO

著　　者	李永海	
责任编辑	周佩芳	
封面设计	陈　姝	
出版发行	民主与建设出版社有限责任公司	
电　　话	（010）59417747　59419778	
社　　址	北京市海淀区西三环中路 10 号望海楼 E 座 7 层	
邮　　编	100142	
印　　刷	河北信德印刷有限公司	
版　　次	2021 年 7 月第 1 版	
印　　次	2021 年 7 月第 1 次印刷	
开　　本	710 毫米 ×1000 毫米　　1/16	
印　　张	12.5	
字　　数	200千字	
书　　号	ISBN 978-7-5139-3537-1	
定　　价	49.80 元	

注：如有印、装质量问题，请与出版社联系。

序

温暖的灵魂终将相遇

尘世沧桑，微笑向暖。寸寸时光皆情深。

春风又绿故乡。不想被城市没完没了的喧嚣声打扰，选一个阳光灿烂的午后，回到了乡下的老家，只想让思想自由些，还有我的灵魂。如果可以，请赐我一段没有用过的时光，一首冷落已久的唐诗，一阕忧伤的宋词，一曲悠扬的箫音，涟漪了前世今生的眷恋。

故乡的脸色是凝重的，故乡的脚步是缓慢的。

记忆就是河底的石块，被时间的河水冲刷久了，慢慢变得浑圆发亮，直到有一天被不经意地捡起。

小时候，坡上放牛，林中砍柴，地里割猪草……怀旧的人都是重感情的人。所有的胡思乱想，都是因为太在乎。渐渐地，是时间教会了我，万事藏于心，不表于情。

故乡的史河，从南往北一直在流淌，不舍昼夜。

滴水的声音贯穿生命，那是岁月的绝唱。

回到曾经充满儿时欢笑的村庄，绕过小镇街区，透过一排排房屋，看到村口那棵粗壮的大槐树依然枝繁叶茂，神采奕奕，依然能想到母亲当年等我放学归来的模样。

每次回去也是来去匆匆，对这个从小生活过的村庄，那种既熟悉又陌生的感觉总是挥之不去。

不经意间，看见墙边有花朵在风中飞舞。我感叹，一朵花，遇到一缕阳光，那是温暖。抬起头，望见天空有白云飘过。难道说，一朵云，遇到一股清风，不是温暖？我一直相信，世间的风景不是天然存在的，而是你去遇到的。当夕阳逐渐落于山峦之间，波浪般层叠延伸的远方，被赋予了生命的颜色。此时，我扑入故乡的怀抱，踏上你温润的土地，与你相视无语又万语千言。

轻推岁月的门楣，打开一扇时光的宽容。泥土的芬芳，淡淡的思绪，拨动心弦。我的内心无端泛出浓浓的暖意，温暖来自内心的感受。故乡啊，我总是会一厢情愿地认为，遇见你，遇见美好；遇见你，遇见温暖。祈愿美好与温暖像那一抹阳光，在我生命里永存，点亮岁月的激情。

不得不承认，相遇是温暖的。在岁月深处，请赐我一缕淡淡的光线，一缕不羁的清风。沿着多年前走过的路继续向前走，定然会遇上那约了百年的一轮明月，挂在树枝上，或者旷野的高空。徜徉在这妖娆妩媚、风情万种的景致，那一刻充满无限遐想，愿与你分享。用自己平淡如水的经历，讲述着日渐忽略的过往。

傍晚时分，我在悄悄找寻村庄里清澈的目光，而这昼夜之间，就是你恰巧的温柔。

献上烛光，在相知相遇相伴中携手翱翔。不会缘于获得，而出于给予。所以，每个人的美好，都来自人们相互间的奉献和给予。同样也有些人的感情，都是在误会和沉默中，渐行渐远。

爱是藏不住的，不爱也是。有时，我想努力复制别人的幸福，却怎么也粘贴不到自己身上。我与故乡，两两相望，不能相依的绝望，终究抵不过似水年华。

人总是珍惜未得到的，而遗忘了所拥有的……车水马龙，人来人往，朝朝暮暮，就是寻找生命的枝枝蔓蔓。

尘世繁华万千，春来香风暖，明媚是素年。在某个时间，某个地方，你往北走，我往南瞧，不问西东，刹那间，我们的灵魂终将相遇。到那时，你我皆是生命枝叶的最美风景。也许，有些风景，只能喜欢，不能收藏。人生喧哗，心若从容，岁月生暖，四季生香。

脚步轻缓，好时光不会悄悄溜走。我将温下一壶沁人心脾的酒，然后，不慌不忙拿出珍藏已久的笔，深情地写下一行芬芳自己的思念：情出自愿，无怨无悔，不负遇见，不谈亏欠。

被风吹过的地方，成了一道道风景线。庸常的日子里，犹如毛驴拉磨，没日没夜，一圈一圈地转个不停，以为跑出了很远，可谁知道，不知不觉又回到了原地。现实就是这般的充满无奈。抛却世事的纷杂和喧嚣，让我们用心用情去铭记这生命里的每一个春天。

若不是历尽沧桑，哪来的云淡风轻。在故乡，那月光，犹如当年豆蔻年华的邻家女子那一头青丝，闪耀着岁月的光辉。远方不远，故土有梦，一直明亮温暖着那颗少年的心。曾经的往事，回荡在记忆深处，永远珍藏在我心中。

逝去不仅是岁月，还有容颜。总有一个人，让你红了眼眶，却还笑着原谅。岁中唯有今宵好。一轮明月，是否因为这青春的往事又添得几许深情？仰望星空，一段鲜活的记忆总会被回忆一遍遍点亮。

当我在尘世间奔走，目光清澈不再。手里的鸭梨碎了，黏黏的汁水流在拇指和食指间，我顿时心生愧疚。红尘万丈，携一缕清风，为生命之旗焚香。

不知过了有多久，在一个鸟鸣的清晨突然清醒，想起这些长久的埋藏着的思念，打开手机，穿衣起床，连微笑都不知道从什么时候在脸上弥漫开了。

容颜遮挡不住心扉，往事如烟，你又怎能愿意忘记谁？

风吹云动，庭院里所有的花儿都绽放了，粉饰着我们不拘小节的笑容。时光清浅，遇见的温暖，在有生命渴望的地方，生长成广袤的平原，在心灵的故乡，葳蕤所有的季节。等待是美好的，可以静听时光摇过的风铃，一如穿过心中的大海，唤醒梦中的蔷薇花，清脆音响，欢欣鼓舞地守候在你来时的方向……

故乡，值得用尽一生来爱。于是，为你书一纸墨香。倾诉人生百味，追忆似水流年，回味年轻时的冲动与梦想。那个被风吹落的过往，还有那无法遗忘的曾经……

柔柔的呢喃，潺潺的相思，痴痴的等待，任凭袅袅墨香，妩媚了人生芳华。

在槐树下长大的孩子，头顶是开满鲜花的枝头，风吹过后的地上，满是掉落的花朵，闻着如影随形的花香，心头始终是甜丝丝的。

眼里有风景，心中无是非。做个善良的人，与你该得到的一切相配。一个人，入了心，便是一生一世。到后来我才明白，遇到的就是感恩，错过了就需要释怀，因为现实有时候很残忍。入了心的风景，一个转身就成了曾经。

时间是无法抵御的。日子像风在赛跑一样，从指缝间滑落。有人懂你的沉默，有人懂你的坚强，有人懂你的欲言又止……懂是最大的幸福。无论生活待你如何，千万不要忘记微笑。

生活不易，安之以美。每一朵白云都氤氲春雨，把握精彩瞬间，再现人间至情，深知岁月有痕。回首凝眸，我惊喜地在最美的时光遇见你。

是为序。

李永海

2020 年 6 月

目 录
CONTENTS

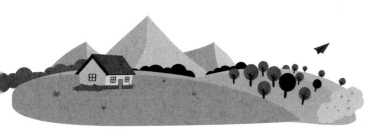

卷二 见·见字如面

卷三 你·你的微笑

卷六 我·我在等你

卷一

遇·不期而遇

不需众声喧哗，

不必取悦俗世的媚笑，

让生命在坚守初心中熠熠生辉。

自有芳华

一

多情的春阳洒在蓝色的税服上，也洒向我依然挺拔的身姿，故土的每一寸土地都与我血脉相依。

春暖花开的时节，人们的心情与天气，相互熨帖，是一年四季中最为美好的时节。

不历冬寒，无以知春暖。口罩遮挡不住春天。疫情过去的四月，那天，小酒微醺，我和朋友走在小城固始灯火辉煌的大街上，一起共享人间安好。唯愿四周和美，共同迎接春天。

从小，我就有个梦想，能与父亲一样，当个收税人。生活就是选择一个适合自己生存的方式，幸福就是选择一个自己喜欢、向往的生活方式。每个人都有权力选择属于自己的人生。通往成长的道路，因布满荆棘而铭心刻骨；实现梦想的征程，因艰苦卓绝而荡气回肠。

每一个微小的梦想都值得追逐。追求梦想和希望的你我，才是生命该有的模样。

我是幸运的，那年脱下军装退伍回乡后子承父业，成为家乡一名收税人。我是自豪的，共和国浩瀚的蓝色海洋中有我一滴。

税之初开启的人生之旅，就是我一生的珍藏和最深刻的印痕。

从税路上，走着走着日子就发芽了，在泥土里舒展梦想的曲线。

像小草歌唱大地一样，我愿为税而歌。在现实生活中，在很多情况下，我们不能再去唱歌、跳舞，不过可以选择一个宜人的天气，邀上好友一起去爬高登山。在更高处，看白云飘飘，群鸟飞过。站在那里，可以看到更远的地方。

因此，我们追求的人生和境界，就如同登山。站多高，就能望多远。

凭着血液里流淌的对家乡故园、对税收事业的热爱，我像大多数基层税务人员一样，多年坚守在税收工作的前沿阵地，牢记"为国聚财，为民收税"的神圣使命，谱写属于自己的传奇，把生命演绎得那样充实生动，面对纳税人赞许的目光，展现生命的精彩。

"天行健，君子以自强不息。"人是很难的，道德品行学问都需要个人不断地修行提高。只有充满激情的人生，才能始终保持积极向上的生活态度，坚守意气风发的生存方式，焕发绚丽的生命色彩，拥有别样的精彩人生。

日历不停地翻，仿佛就在昨天，走过的日子，有成功、有失败、有教训、也有经验。同时也看到了身边很多人在社会大舞台上扮演着各自的角色，有坚强、有无私、有卑鄙、亦有喜悦，甜酸苦辣一切都已成为过往，依旧对生命充满了敬畏。

在我成长的经历中，感慨最深的是，人生总会有磨难，我们要学会承受生活的考验。人生也会有不同的转变，而我们要学会的是承担。四季的轮回流转，交替着繁华与落幕的变迁。有位哲人说过："生活是痛苦的，但我们不能痛苦的活着，因为活着本身就是幸福。"尤其经历过庚子年春新冠肺炎疫情的我们，更加清醒地意识到，我们需要停下来拷问一下自己，我们正在追求怎样的生活？

珍惜生命的不易。这些，我们必须懂。

二

倥偬的岁月，我们的青春，都在灿烂的怒放中奔向永恒的终点。我常常告诫自己要面对现实，因为现实永远需要凝望和倾听，就像梦想永远是生活的延续。作为大别山区一名收税人，无悔的选择与生命同在，把忠诚大写在蓝天白云之上，用一腔热情去描绘未来，蓝色如歌的岁月充满期望。

生命中，总有一些人的命运轨迹与你我有或长或短的交集，每个人都存在于另一些人的生命圈中，这一个个圈形成的交集，也许就是生命中最难忘的记忆。生命里无论有多少遗憾，放下就会轻松。岁月中不管有多少波折，尽力就应无悔。

心中有信仰，脚下就有力量。每一次引领时代的进步，都扮靓了税务人的容颜。岁月匆匆，"为了谁""依靠谁""我是谁"，这些问题已尖锐地摆在我们面前，倒逼我们思考，考验我们的智慧。回答这样的问题，不在于解读，而在于探索；不在于赞美，而在于辨析；不在于高歌过去的辉煌，而在于拨开通向未来的迷雾。唯其如此，才能在人生路上收获累累硕果。

日子不断重复着，往往来不及细细品味，生命的年轮早已刻上眉头。进退荣辱并不重要，只因为我们有了太多的期盼，向生命的辉煌灿烂挺进。远处仿佛游移不定的一点亮光，在诱惑着我们，无数向往美好的生命为之着迷，不停地追逐着，这是活着的原动力。

记得来年，听花开的声音。我始终坚信，在人生的道路上，尽管有风有雨有苦有泪，但也有甜有喜有乐，还有那一沓沓荣誉证书。这是对我们成绩的认同，也是我们的人生梦想。

时光易老，没有哪一双手可以握住时间。年华在日复一日中流去，那些甜蜜与欢笑在不经意间绽放，生命之河里荡漾起波澜，其实不过是池塘里的涟漪。生命的平凡就在这平凡的岁月之中。在平凡中创造不平凡，人生才彰显价值。

迈入新时代，中国税制改革日趋完善，主要围绕减税降费政策、优化纳税服务、打造绿色税制等方面展开。工作中常回头望望，可以少做错事，多办好事；生活中常回头望望，可以不忘本，不迷乱，不落伍，始终以平和心态笑对税务人生之境。常回望过去，对自己也是一种警示，征税的路走得再远，也不能忘记当初出发的理由。

一片绿叶，就是一个灵动的词根；一声鸟啼，就是岁月深处的低吟浅唱。人生的驿站总会把沿途风景珍藏。

那些年，那些成长，那些懂得，那些爱，那些温暖和笑容，在心底沉淀出一片大海。有人说，心是情感的载体，酝酿着爱，也分泌着恨。爱是心的补品，恨是心的毒剂——心受之于爱的滋养，就会繁衍出更多的爱；心受之于恨的浸泡，不但会中毒沉沦，而且也会霉变成毒品，侵蚀自己。

这是庚子年午暖还寒的春节，14亿人都静悄悄地待在家里，在疫情背景下，大多数人开始对生命、时代、人生做出重新思考。

三

外面下着淅沥沥的小雨，我的思绪伴着缠绵的雨丝，回想从前。

人生如书，念念不忘。岁月如画，幅幅珍藏。人只有一生，不可错失最重要的风景、最重要的事物，不能留下遗憾。所以，有些人，有些事，今生今世也不能也不应忘记。

回首往事，不知如血的夕阳是否能留住短暂的一瞬，但曾经的辉煌可以成为永恒。税收追随着时代的脚步，幸福着时代的幸福，她像一位慈祥的母亲，用她甘甜的乳汁哺育我们追寻的幸福。心跳、气息、血流和脉动，生生不息。

快乐很简单，睁开眼睛，天就亮了，走出屋外，就可以闻到花香。苦也好，累也好，在平凡的收税日子里，千万别忘了给自己一个微笑，把生活过成自己喜欢的样子，有花，有树，有你，还有书。没有什么比读书更让我走进世俗，也没有什么比读书更让我远离尘嚣。你若问我平时喜欢什么，我会毫不犹豫地告诉你，是读书，那里面沉淀一份遗世独立的心，从生命深处流出来的无限美好。

渐行渐远的故乡，时常让我怀念。那里有太多的儿时记忆。只是，时光荏苒，已经回不到从前。年岁渐长，慢慢感受，家是游子心中永远的牵挂，是那个让人安然入睡的港湾，有家才有温暖。我们的幸福的家园就在这里。

蓦然回首，才惊觉浮华半生已过。

争取必然，顺其自然。我们身边常有这样一群人，他们不计得失，胸怀他人，为何而来？我一时找不到确切的源头。

清明节前夕，我在家乡小镇上遇到一位在南方当老板的朋友，疫情关键时期，他为家乡捐赠价值几十万元的防疫物品。他说：非常时期，就想为家乡做点小事。看着他憨憨的脸，恍然间我发现他的大爱与善良，其实是对根的报答。

我们都走了那么长的路，看过那么远的风景，见过那么多的人，现在竟像一片树叶很自然地想要拥抱我们的根。大抵是因为，在我们每个人的心里，曾经对故乡都那么热烈地爱过。

所有的一切都充满着十足的成就感，在他的眼中，我读出希望与喜悦。

四

春风习习，春意浓浓，暖意满怀。春天真的很美好，不再那么冷酷，不再那么凌厉，不再那么荒秃，不再那么萧瑟，而是温和得像母亲，敦厚得像父亲，慈祥得像祖父祖母，活泼得像少男少女。

没有崎岖不叫攀登，没有烦恼不叫人生。用坚定的步伐，在现实中行走。铭记每时每刻的感动，静赏每天的风景。税月留香，重拾起了心底最纯净美好的思绪。无论走到哪里，一旦打开时光的闸门，总会有许多与你相连的记忆涌出，与你一起成长，一起进步，相伴在每一个风轻云淡的日子。

我们是一群自带山河的固始税务人。不需众声喧哗，不必取悦俗世的媚笑，让生命在坚守初心中熠熠生辉。

倏忽之间，参加税务工作已逾20年。跻身于这个飞速变化的时代，人人都生怕落伍，被现代物质生活牵引着飞奔。

沐浴着朝阳，行走在豫南家乡，街巷干净整洁，井然有序，来来往往的人们透露着葵花般的笑容。人居环境变好了，群众的幸福感、获得感增强了，而这正得益于取之于民、用之于民，还造福于民的税收之美。人心的沃土，和大地的沃土一样，迎着春暖，沐着春雨，也需要开垦，需要浇灌，需要播种，唯有如此，才能勃发情感的万紫千红。

所以我的心情非常好，正如"那天正午的阳光很暖"一样。当苦涩的生活都变成了我们内心的事物，生活就是很温暖的。

凡为过往，皆为序章。最美不过你回眸，眸中带笑，笑似烟波雾霭、云雾缭绕初心依旧，我愿把你收藏。

在这个最美的时代，最美的季节，用最美的歌声，赞美我们最伟大的祖国。今生与税结缘，那是我在有限的生命里遇见无限的美好。那份兴奋与快乐，在我心头久久回荡。

一个人的旅途乏味，向窗外望，一种草木的清香气息，在鼻翼里自然生长。所有的过往，都会开出一朵花。在时光的推波助澜下，愈演愈烈，在肆意弥漫。

岁月只是静静夹在自己情感和生命中的一枚书签。热烈期盼着在这个春天，所有人都能摘下口罩，笑靥如花。

言不尽，此流年。我要感谢岁月的馈赠，让我在今后的从税之路上永怀一颗静默、敬畏之心。让不变的蓝色情怀，在汩汩流淌的岁月深处丰盈。

二十四年

终于，来到了炎热的盛夏。七月的热意比六月更猖狂。

那一刻，是怎样的激动人心啊！

"升国旗，奏唱国歌！"

这一天上午 10 时，我以原某税务分局局长的身份参加了国家税务总局固始县税务局挂牌仪式。

国歌声起，我以军人标准的姿势站立在队列里，和 50 多名原国税地税人员代表一起，目视前方，仰望五星红旗伴着国歌徐徐升起。除了神圣与庄严，胸中还激荡着无比的荣幸与憧憬。就如同我记忆里的向日葵，以最灿烂的姿态面朝太阳。

七月似火，改革流金。这一天，是 2018 年 7 月 20 日。对于我来说，远一点的记忆比起昨天，好像更加清晰。我是税务人，亲历一九九四年国地税机构分设，时隔二十四年又见证了国地税"久别重逢"……

流逝的岁月肯定不会再回来。在税务机构改革推进中，我们都是亲历者，随着改革开始新的征程，完成我们这一代人的使命。

也许，每个人都有自己的往事，难以忘怀；也许，岁月一长，旧时光就成了过往云烟，消失在岁月深处；也许，还有一点心思，这心思在不经意间还容易传染，听到旁人说当年，一个个就都恨不得从头来过。所有过去的日子里，都值得我们去感怀、去留恋。

　　那一年，我脱下军装穿上税服，也就扛起了责任，扛起责任，也就懂得了使命。时隔不久，赶上税务机构分设，父亲和弟弟分到国税，我和姐姐成为第一代地税人。人生路上，和税收牵手，是我一生的幸运。在哪儿我们都是一粒种，在哪儿我们都是一团火。

　　时光不会停留在某一刻，也许那时的我们正青春，也最阳光，洋溢着活力和力量，不过记忆里一定有回响，除了岁月这把刀刻在脸上的皱纹，还有成长路上最初的梦想。

　　当匆匆的脚步逐渐放缓，心中的目标也得以宽容对待，就会于四季轮回的熟视无睹中重新发现最初的惊喜，就会于花鸟虫鱼的琐碎中重新找回那被我们遗落已久的快乐。曾几何时，走在乡间收税的小路上，快乐的歌声满天飞。一路走来，如果能将最美的时间珍藏，我最想做的事情，就是保存每一个税务人齐心协力、共同奋斗的日子。

　　这个美丽的夏天，我们经历着怎样的改变，身处其间的税务人用心去感受成长，让税务精神在税务人身上流淌。税务局是一个让人难以忘怀的地方，我们都曾经在它的怀抱里成长，我们共同经历过的，它有记录，我们有收藏。

　　当国税地税成为记忆，历史将会被永远铭记，岁月将会点燃希冀。这二十四年，国税、地税各司其职、勠力同心，书写了中国税收的辉煌篇章。那里风光旖旎，精彩无限……

　　有过多少往事，仿佛就在昨天。回首一九九四年国地税机构分设的时候，被分到不同的税务机构工作，那分别的场景历历在目，短暂的阵痛、迷茫和困惑过后，大家在各自的岗位上重新找到了定位。

　　回望历史，国税地税共同走过如歌税月。有人曾说过：逝去并不是终结，而是超越。我们曾一起经历，经历"分家"与合并，也一起收获成长和成熟。二十四年，岁月长河，不长不短，国地税一条战线。这些年来，无论国税人还是地税人，一直都叫税务人，税收连着你我他，千梁万柱支撑起共和国的税收大厦。所有过往，连同所有税务人的韶华，都被岁月镌刻下来，融入税务人的血液流淌。

　　合并了，合并了，我们汇聚在一起，还是税海蓝波里的一滴不褪色的水。

在这个美丽的夏天，对于一切税收情缘我都了然于心，在这蓝天白云之下，我以守护之姿站立，盼望大别山水流光溢彩，更盼望豫南家乡欣欣向荣。税苑小区的垂柳，花坛里的美人蕉，和它们春风吹又生的一年一年的新绿，草坪里有我们幸福的税收慢时光。

银杏还是青翠的绿色，但税务人的心绪已经渐渐弥漫开去。

税月飘香的日子就像一阵带着清香的微风从身上轻轻掠过。随着国地税合并，二十四年的国地税分设成为历史，全国八十多万税务大军合二为一。那是一种幸运，那是一种憧憬，那更是对税收事业的美好期盼。

豫楚大地盛夏时，璧合情深满目新。在这个美丽的夏天，我们笑靥如花，肩上的麦穗流金，二十四载春秋，你我青丝添了华发，眉眼依然执着如初，这一切，承载着我们的初心。还有时刻不忘为纳税人和缴费人服务的初心。每个人都有必须担负的责任和使命，我们可以受伤，可以失望，唯独不能停下来。事实上，在诱惑中越是坚守本心的人，越容易靠近想要成为的那个自己。事实告诉我们，只有你足够强大，才会被人真正珍惜、疼爱和尊重。二十四年来，税收情依旧，青春梦还在。我们曾经风雨同舟，把青春挥洒，今天击缶而歌再续税月诗篇。

青春无悔，逐税月芳华。税改号角催人进，召唤我们、聚集我们、激荡着我们，让我们每一次回归都那么温暖，每一次出发都那么执着，每一次前行都那么热血澎湃！在岁月的指缝间，溜走的是光阴，收获的是累累硕果。二十四年，时光枕水，愿这样琳琅倦怠的文字，轻绕过时光，得你共鸣。愿你所有的深情，都能得到对等的善意。就像树叶飘落在水面上，虽然很轻，可是到底还是会激起涟漪。眺望新征程，在岁月里演绎出属于自己一部草根的税务志。那一刻，我深情如许，你幸福如花。

二十四年，风雨兼程；二十四年，辉煌之路；二十四年，初心依旧。在岁月的指缝间，溜走的是光阴，收获的是累累硕果。什么语言能够表达我们的情愫，什么行动能够回答我们的眷顾。油然而生的骄傲和自豪，更是启航伟大征程。不过，我依然是税苑里的小花一朵，深深扎根于税务土壤，如同我记忆里的向日葵，以最灿烂的姿态面朝太阳。

四月的风

清明时节，追思先烈。我来了，我们都来了，从几百里之外的固始，赴你的清明之约。

去的时候，一轮朝阳喷薄欲出，仿佛热情地与我们握手。

依依不舍地离开了敬献花环的鄂豫皖苏区革命烈士陵园，怀着无比虔诚的心情参观了红四方面军旧址，我们又来到"全国重点文物保护单位"鄂豫皖苏维埃政府税务总局旧址，一个让人魂牵梦绕的地方。

青砖白瓦，红漆大门，李德生将军题写的匾牌光芒闪耀，映入我们的眼帘。它记录着许多不为人知的红色税收历史。进了大门，院内幽静整洁。二进门处摆放几块写有"红色旧址勤廉先烈""红廉精神税月传承""入党誓词"等醒目的宣传板块。院落里栽种有一棵石榴树，树龄超过140年。进入屋里，栩栩如生的蜡像再现当时税收情景。三进屋，陈列着一些当年的税收实物。后院有一小花园，还有一排古朴的石质房子，看到这一切，我感到非常舒心。

年轻身着税务制服的女讲解员引导着我们，边走边热情地向我们讲述了当年苏维埃政府税务总局成立的历史，以及先烈们抛头颅、洒热血的英勇事迹。

时光转回公元20世纪20年代初，中国共产党以大别山为依托，创建了鄂豫皖革命根据地，从此，革命烈火熊熊燃烧，人民武装斗争风起云涌，波澜壮阔。当时，鄂豫皖是全国第二大革命根据地，人口350万，军需、民食问题非常之急。1931年7月，税务总局成立以后，设置税务分局和海关分局27个，其中，鄂东北11个，豫东南7个，皖西北9个。300多名税务人员边战斗，边收税，运用税收杠杆，调节各阶级收入，组织的税收收入占根据地财政收入的百分之四十，有力支持了边区革命战争和根据地党政机关的供给。后来，在这里先后诞生和养育了光耀共和国历史天空的红四方面军、红二十五军、红二十八军三支主力红军。他们曾托起岁月的脊梁。

"为什么战旗美如画，英雄的鲜血染红了它。"在土地革命战争时期，以游击方式进行征税的鄂豫皖税务人不仅要付出辛勤的汗水，还要随时准备着流尽最后一滴血，让红色税收的旗帜始终飘扬在了巍巍大别山上。

清明如刀子，映照将枯的草木融入旧时光。时间总是让我们在经历岁月的打磨之后，懂得把往事回望。税务总局旧址陈列馆，内设 9 个展厅，运用实物、图片及声、光、电等多种手段对根据地税收史进行陈列展示，在这里，列示了有案可查的 110 多位"税收英烈"。这些数字已经让人怵目惊心，几乎所有的牺牲者年龄都没有超过 40 岁，税务总局局长尹太良同志年仅 28 岁就牺牲在战场上。

先烈们的可歌可泣的故事，怎么不让我们唏嘘？限于当时残酷惨烈的战争条件，还有更多的英烈没有来得及留下姓名而湮没在历史烟云里。多想看到那一张张年轻稚嫩而又生动的脸庞，多么渴望听到那浓重熟悉的淳朴乡音，我知道，这一切都成奢望，呼唤唤不回远去的身影，伸出的手拉不住时光的脚步……

青青丝柳荡春风。有了信仰，就有了责任、有了坚持，你像一只泣血而歌的杜鹃，慷慨放歌。来到这里，我虽未与你相见，但与税收的感情，却有着无比神圣。铭记税收历史，传承先辈精神，是新时代我们税务人义不容辞的责任。有那么一瞬间，一种怡然清澈的快意穿梭时光。一段税月，波澜壮阔，刻骨铭心。面对英烈，我有很多话要向你倾诉……请不要再用温柔的眼神，敲打我枯竭的心灵，一切都是那么轻描淡写。我若懂你，该有多好啊。时光荏苒，岁月无情，闻着泥土芬芳，你和大地融化在一起，收回了多少赞美。

走进大别山，流连在新县。春风缠绵沧桑翠。眺望人间烟火，清明的风，慈悲着你我。转眼已过去了几十年，终于慢慢理解，你的沉默，你的故事。有的随风散去，有的隐入星空。

清明的风，四月的风，轻抚我的脸颊，任凭泪水浸湿口罩。一颗颗滚烫的心，把积攒一冬的碧绿，都撒在春天里，让心海泛起绿洲，让心田绽开花蕊。新冠肺炎疫情渐渐散去。经此一"疫"，我们必将铭记：2020 年，庚子年。不仅因为我们经历的磨难，更因为越挫越勇的斗志和生生不息的希望。

告别了山水红城的新县，也就告别了你，我卸下了所有的牵挂。你的笑，如漫天的彩霞映照着疫情散去，重燃希望的大地。请你相信，美好的生活画卷重新在人们面前徐徐舒展开来。蓝天白云、远山古树、绿野碧水，希望的热土呈现勃勃生机。

归途中，天空飘起了轻柔的春雨。同行的朋友惊喜地喊道："清明雨。"我轻抚了一下落在脸上的雨滴，感觉有点甜甜的味道。

"眼泪是人造的最小的海。"因为就在这一刹那，我想到安眠在这里的烈士们。你说这清明雨难道不是英雄泪？

这是春天的泪水，伴着缕缕花香，伴着盈盈春水，就这样让我们再次怀着一颗虔诚的心向英雄们告别吧。

税映初心

翠叠春山又几重。有人说青春是一首歌，回荡着欢快、美妙的旋律；也有人说青春是一幅画，镌刻着瑰丽、浪漫的色彩；更有人说青春是一首诗，字里行间氤氲着憧憬。我想对你说，青春的年华似水，它会让我们想起当年的单纯，当年的豪情壮志，当年的热血与执着。

每个时代都有属于自己的独特风格，恰如春来山水绿，人间处处换新曲。无论是在火热的鄂北军营，还是在大别山深处的山区税务所……在不经意间，我都会想起青春年华曾经所拥有过的灿烂时光。

人们总是认为，年轻人有朝气，思想活跃，有强烈的进取精神。其实，年轻人有时面对的诱惑也很多，一旦抵挡不住就会跌倒。学会淡然和坦然，保持那份"把人生当成一个故事"的心境好好工作和生活是多么的不易。对于每一个年轻人来讲，起点都是一样的，能否走得更远、达到更高，在一定程度则取决于出发的心态和志向。

众声喧哗的时代，我们学会如何优雅而昂扬地走向明天，才是青春岁月最该读取的人生密码。

深秋时节的豫南，没有萧肃之感。那天是个周末，我有幸参加了"不忘初心、牢记使命"主题教育采风活动。

那天一大早，我们十几人驱车百余里来到地处南部山区的武庙集的固始县苏维埃旧址，瞻仰革命先烈。首先，我们整齐地站立在纪念碑前庄严地举起右拳重温了入党誓词。接着，我们步履缓缓在几排展厅观看了烈士留下的不多旧物。然后，我们步行到建立在后山的山坳里的烈士陵园。

在这里，看到了蔡仲美、陈初阳、詹谷堂、袁汉铭、王子春等烈士的名字，那是一个个熠熠生辉的名字。作为曾经的一名军人，我深深三鞠躬，为长眠在此地的先烈们献上我的敬意。

据县志记载，这里躺着 9995 位无名烈士。

英雄无名，先烈有义。

他们年轻的生命如天上的星星，照亮了二十世纪 30 年代初鄂豫皖边界的夜空。

等待了一天又一天，只为了那一句誓言。思念的苦都这么甜，有缘不怕情路遥远。想你的时候望望天，哪颗星星是你的眼，你的轮廓不断浮现，从未离开我的视线。

青春是美好的，也是短暂的，它也许是你人生的一处驿站，不过请记住，即使它像一颗流星，我们也要努力让它成为一次辉煌的闪现，不惧艰难困险，敢于拼搏，志比云天。

青春岁月，有我们汩汩流淌的浓浓情怀。我时常情不自禁凝神静思，在眺望远方中任思绪无限拉长，越过一道道沟坎、蹚过一条条小河、翻过一座座山坡，在触摸那片碧绿、品咂故乡味道中，尽情追溯梳理镌刻在记忆中、浸透在血液里的那些零零碎碎。在青春记忆里，有一些瞬间，经历时没有什么特别，回想时，却往往胜过千言万语。

看那一朵朵野菊花爆满山。离开这个名叫王家楼的地方，我的眼睛是湿漉漉的。

远山青黛，碧水清澈。生活在一个亮丽的季节，一个充满青春活力的字眼，去追回与青春同行、释放自己青春的能量。

那一年枫叶飘落的季节，我成为一名收税人。揣一份真情，盈一怀月色，收税的日子也就生动了。所有美好的景色都如约而至，当然，还有我对税收的惊喜和眷恋。

税收这个古老而鲜活的话题，浩浩荡荡地，流淌了数千年。也许大多数人都明白，税——国之血脉，取之于民、用之于民、造福于民，税收是人民的千秋的福祉。收税人如果没有大海一般宽广的胸怀，国之血脉，谁能担得起？

如水的光阴里，总会有一些心心念念。每一个云卷云舒的日子，税收牵挂着我。为国聚财，静静流淌不尽的汗水；为民收税，写满炽烈的为税情怀。我们是共和国新时代税务人，初心不忘，从而获取正能量。不松懈、不放弃、不抛弃，用一股永不服输的劲头奋勇争先，行走在出彩的路上。

世间万物，无论多么卑微的生命，都有自己的尊严，对尊严的坚守，使我们不轻言放弃。哭过、笑过、恋过、恨过……当往日里的点点滴滴如同电影胶片一样浮现在眼前，那是在向曾经的自己和逝去的岁月致敬和缅怀。

青春飞扬，是谁在岁月深处深情凝望。步履匆匆，前进的步伐不曾停歇，收税的日子就有了诗意。

那是窗前一树的花香，摇曳着风月情长，美丽了心情，温柔了时光。

徘徊在时光的碎影，依旧是那么恬淡安然。一个背影走进人生四季，一个笑容绽放眼前，笑容里陶醉了老树、星月，在繁忙的日子又发现了真情。

看斜阳，吹红了老屋的花攀墙。

春风拂面

岁月不居，时节如流。当一切轻轻地静了下来，缓缓向前流淌的河流，每一个细小的波纹，慢慢地完成了其中的荡漾。

天高云淡，阳光重新调整焦距，树叶洒下一片沉思，仿佛有了幻影，一缕光芒，缩短了季节脚步，久违的春风，已吹落了老屋背阴处的雪，寒冷渐渐离去，对世间万物而言，尘世喧嚣，以红橙黄绿为旗的田野，渐渐地展现在人们的视野。一对斑鸠在老屋后面的一片树林上空盘桓了大半天，这一切都昭示春天真的已经来临，怕冷的我眉头此刻也舒展开来，阵阵暖意袭来，彩排着暖春时节的序幕。

淡若晨风，青春的记忆成灰。心灵的抵达，深情的回望。那一年，我从原济南军区某部退伍回乡，踏上深深爱恋的豫南故土家园，享受当时的复退伍军人安置政策，成为家乡一名收税人。朴实的爹娘会时时提醒我，做人要实在，不欺诈，不虚伪，为人处世真诚为人诚信待人，不要奸不要滑不要赖。一路走来，我也渐渐明白这个道理，秉承了爹娘淳朴善良的品性，潇洒地行走在人生路上。没有为了或升官或发财，放下自己的自尊，渐渐地赢得了越来越多朋友的理解和尊重，有时，我还有一些书生气，时常怀有一些浪漫情怀。如果能在平淡的日子里活出光彩，也是一种不平凡，更是一种能力。

凭一腔热血多年坚守在鄂豫皖大别山深处的一个税务所，在孤独中砥砺初心，以税收勾勒出我们税务人最质朴的热情，用智慧勤劳描绘大山里的暖心画卷；我们不惧大山艰险挺起硬脊梁，用脚步丈量责任与担当。那些年，年轻的我们用如山的胸怀、无悔的青春、炽热的忠诚，在大山深处坚守，奉献热血丹心，留给大山一个温暖的背影。

我想生命的意义就在于真诚地活着。管它什么浮生一片草，岁月催人老。

无悔的选择与生命同在，把忠诚大写在蓝天白云之上，用一腔热情去描绘未来，蓝色如歌的岁月充满期望，那里有纳税人信任的目光，那是我心灵的写照，情感的凝固。那些都是藏在"税"月里的旖旎风景。艰难困苦不能阻挡，孤单寂寞不会放弃，"税"月共韶华。时常感恩家乡这座小城，在这里五颜六色、璀璨无比的霓虹装扮着我的梦想；在这里，有我追求不息的事业和价值所在；在这里，还有温暖我、感动我的人和事，所有的一切都贯穿于寻常生活之中……风月花鸟，一笑往事知多少。

岁月无语，寂静走过。

繁华万千，每个人在每一天都会面对变化波折和选择，只有这样，这才是正常的生活。每一个人就是一处风景，不同的风景，四季放歌。站在岁月的枝头，不为情困，不为爱伤，不计较得失，你走我不留，你来最大的风雨，我都撑一把伞等你。缘深多聚聚，缘浅随它去，顺其自然。生活原本如此啊。丰子恺曾经说过，万般滋味，都是生活。

人生这趟旅途，寻找"诗和远方"，那是我们对美好生活的向往，也是对抗孤独与现实的力量之源。有一天，在城区繁华的路口，看到两位姑娘弯着腰身欢快地推着一位坐在轮椅上的老大娘，我从后面随意用手机抓拍一下。即使看不到她们绽开的笑靥，也能感觉当时她们兴奋且开怀的心情。

岁月啊，来时不忙，去时不慌。开心的时候，我会像孩子般放声纵情高歌一曲。那些年，我曾浪迹天涯，北上南下，不断远行，不得归期，内心依旧温暖，在爱的天崩地裂里，支撑着对故土的眷恋，那里填满思念的空间。问前路几何，但求无愧于心。多么盼望出走半生，归来仍是少年。

云翳之上，必有阳光。一条消息即时回复，一声召唤随叫随到，不为相互利用而交往，只因你懂我，我亦懂你。春节过后，家住省城的一位朋友快递给我一个精美的保温杯。有如此朋友，起码人生这一段路将不再孤单。叹世间，唯有真情不可欺。生活中，我们不能失去自己的初心。破釜沉舟，拼他个日出日落；背水一战，干他个无怨无悔！历史的画卷，总是在砥砺前行中铺展；精彩的华章，总是在接续奋斗里书写。老子《道德经》第十九章里有句话："见素抱朴。"意思是说，守住本心，守住自我的本真与纯朴。纵使走遍世界，我们眼中只有对故乡的记忆。

一场雨雪之后，你隆重登场，潇潇洒洒轻拂我的脸，怡人，温暖，洒满天地之间。红尘有爱，人间有情，对美好生活的向往，就是我们的梦想和希望。绽开田野一抹新绿，倾吐浓浓的往日情怀，绿意葱茏……

天上飘过的白云朵朵，地上流过的细流浅浅。久违的你经过，岁月如河，流经多年，暗香如旧，不容拒绝，小桥流水人家，碧树粉墙黛瓦，枯草重新发出新芽，让我有种隐隐的甜蜜。如果可以，请给我一些湖水的蓝，以及满树不时发出的果实的脆响，或者缕缕莫名的暗香……一笑而过，心儿又飘落。时光流转，是否仍在原处等待，是否想过离开，解读生命的密码。你轻抚我的面庞，亲吻我干裂的嘴唇，明月朗照，我吹一曲清新婉约的夜曲，让内心回归平和；你跳一段热烈如火的舞蹈，藏满了勾魂夺魄的万种风情。

春发秋藏，夏长冬灭，时光延展着，岁月温煦着。让我们静静聆听和欣赏，敞开心扉去欣赏生命中的每一处风景。谁能说这不是人生最好时节。

春的呢喃

春来了，似乎很多在冬季搁浅的事情应该开始复苏了。大地英姿勃发，江河巧笑顾盼，杨柳婀娜多姿，莺燕率性天真……蕴藏了一个冬天的诗意，静观了一年的禅美而如期而至。这宛若一场从容的约会，瞧着得意的春风行于水上，感知大自然的清爽，唤醒微颤的心波。

春天，堤上繁花似锦，嫩柳枝折断有奇异的芬芳。常言道："一年之计在于春。"春天是充满生机与希望的时节，是播种希望的季节。未见春华，哪得秋实？泡一杯清茶，让月光如犁，深掘遥远的字迹，心绪绵延千里，月光溢出来的时候，心潮，溶了进去。

烂漫春天，从花草和柳丝中感受到无限的生机，从温暖和醉人的消息中感受到新希望，从人们的笑脸上感受憧憬新生活的信心。偶尔的一种心情就把自己潇洒地扔在春风里，满眼秀色的旷野柳絮飞舞、花气香风轻拂面颊，只须深深地吸一口气就会陶醉许久，还有什么比放松更惬意的时光呢？

春在风的追逐中无声无息来到，尽管春风还带着一丝寒意，可对春的渴望不言而喻。春天，拔节的不只是小草，也有我们的梦想；春天，成长的不只是禾苗，也包括我们的感悟。很庆幸能生活在这个书写"中国梦"而又缤纷喧闹的时代，认真做自己真正喜欢做的事情而喝彩。时常有人感叹，人生如水，水有逆流，也有顺流，所以人生有欢乐也有痛苦。我们容易沉浸在现有的快乐中，久久陶醉而不能自拔，当这快乐突然消失，我们茫然不知所措，为失去的快乐陷入苦闷的深渊，却没有发现生活中还有快乐在等着我们。说实话，生活中的快乐往往掌握在我们自己的手里。

春来了，如一匹奋蹄的骏马，正是勇士扬鞭时，承载着梦想，昂首展望。

春风送暖，心旷神怡。"春风送暖花千树、便民办税惠万家"。减税降费、提速增效，不断优化税收营商环境，持续提升纳税人的获得感和幸福感。小瞬间折射纳税方式的改变。

税收助力香飘万家。我闻到激情涌动生命的气息，看到了税务人坚定而沉稳的步伐，看到了纳税人如向日葵般灿烂的笑脸。让每颗心澎湃，似乎听到了花开的声音，是年轮成长的声音，是生命拔节的声音。岁月匆匆，收税人把一种信念的愿望种进漫漫路途，种进纳税人的心坎里，这样就会长出绿芽，为共和国的春天，浇灌旷野上的花草，那些花花草草争奇斗艳，盛开缤纷、烂漫、芳香……这是春天的味道。

阳春三月，阳光和煦。出去走走是生活的享受。收拾心情，整理行装，走在泛着微微绿意的春天里，感受春天的气息。

天，很蓝。

云，很淡。

风，很轻。

阳光透过萌动着春意的枝条，洒在身上暖融融的。春天最大的乐趣是感受生活，快乐地活在当下。在这样的季节里，一切都是那么明晰，四季常青的绿叶在阳光下闪耀着光泽，犹如青春少女润泽的秀发，彰显着生命的饱满。有时候，虽然没有回头，却能感觉到全身暖暖的，因为背后有一束束温情的注视，那是春日暖阳的款款深情。

草长莺飞，杂花生树，感受着自然的恩赐，享受着生命的美好。

红杏枝头春意闹，风吹杨柳绿丝长。神州处处无限风光好。不打年盹忙开局，撸起袖子加油干，把蓝天清水净土时刻挂心头。

乡间田野，小巷庭院，因液汁而饱涨的枝条迎风摇曳，婆娑滴翠；阳光洒处，花开成片，浓艳芬芳。与春低吟相约，陶醉于清风明月、古韵诗颂中，感悟人生，心怀感恩……在这里，让所有的歌谣，所有的诗篇都来赞美春之韵。

等闲识得东风面，万紫千红总是春。堤岸柔柔的柳丝，系着你温暖的心房。

挽着桃花的枝叶，抚摸花蕾的娇美，把无限的心事释放，让人们真真切切感受着她的温暖和美丽。

春来了，日正暖，和风吹。豫南老家村口有棵碗口粗的百年老槐树，树上生长着成片的槐花，点缀其间，装扮着迷人的春色，让人们尽享初春之味。

站立树下，抬手摘一朵槐花，轻塞口中，初感有微苦掠过舌尖，细嚼之后顿觉有一丝甜味沁人肺腑心脾。晌午时分家在乡下的一位表嫂，打来电话，欢喜地告诉我，在驻村干部和乡亲们的帮助下，她家脱贫了，大儿子考上了重点大学。

早些年，我在那儿工作的时候，逢年过节会不时周济她家一下，可能是她家人口太多，表哥又长年卧病在床，家庭生活非常贫困，情况始终不见好。

挂了电话，我脑海里出现四个字：先苦后甜。

生活大抵也是如此。

温情又柔和的风轻轻地吹到了我的怀中，把我的心吹动，带给我对美好的无限向往。对于春天，她是一种情绪，一种诱惑，带着情调和欣喜。

人勤春来早。有梦想，是幸福的；有未来，是幸福的。从人性来说，人身上最珍贵、最重要的东西是生命和灵魂，生命的状态是好的，灵魂的状态是好的，那就是幸福的。历史的画卷，总是在砥砺前行中铺展；精彩的华章，总是在接续奋斗里书写。

只要你有一双勤劳的双手，有一颗感知幸福的心，一双善于发现幸福的眼睛，那么幸福，就在你的心里，就在你的笑容里。学会去发现身边的风景，生活的这座小城常会带给我们美好的惊喜。

在春天里打开心扉，你将不负韶华不负好时光。

税月何其厚我

岁月的尘埃掩盖了往日的芳华，却始终掩不住我那颗滚烫的从税之心。

有一种温暖，直入心扉。每次填写简历的时候，我总会在职业一栏认真填上：税务。

眼中有春秋，心中有山河。今生我非常庆幸成为家乡一名收税人。从小，我就对税务工作充满了无限向往。因为父亲生前曾是一名老税务工作者，虽不善表达，却是个感情质朴的人。那个时候，父亲神情颇为严肃，不苟言笑。或许这是个性使然，但我愿意相信，其中也有一份来自税收工作的浸染。微蹙的眉头下那副专注的目光，仿佛在证实这一点。

人可以根据自己的喜好选择。对我来说，参加税务工作，这的确是件幸事。那年新春伊始，脱下军装穿上了令同龄人羡慕的蓝色税服，戴着有国徽的大檐帽，这是何等的荣耀！我顿时觉得窗台上的花儿也开得灿烂。

一路颠簸，车驶进大山最深处，我来到离家百里之外、地处鄂豫皖大别山腹地的一个山区税务所，陌生而新鲜，也有点好奇。记得报到的那一天，下着小雪，站在小镇税务所二层办公楼前，看着里面的人进进出出，我心中有些兴奋，有些忐忑，在这里，将开启我的"税之初"。

草木蔓发，春山可望。那一年，我20岁刚出头。税务人生的青春画卷由此渐渐打开。

初踏上税收工作岗位，心中充满了喜悦和幸福感。只要纳税人对税收是满意的，再苦，再累，都值了……

时光荏苒，岁月如梭，秋叶的雨滴敲打着时光。雨，淋湿了我的思绪。

犹记得1994年税务机构分设那些事。那是一个丹桂飘香、秋叶静美的日子，当时我所在的税务所共有14人，有10人分到国税，我和另外3名同事则被分在地税。我家有四人在税务部门工作，父亲和弟弟分到了国税系统，我和姐姐则成为第一代地税人。

不管国税，还是地税，反正都是税。用主推分税制改革的时任国务院副总理朱镕基的话说，手心手背都是肉。

波澜中总会孕育平静，荆途中总会埋藏希望。仿佛新生的婴儿，我好奇地东张西望，欢腾着加入了天地万物的合唱。

"多能鄙事"，人生出彩。在税务这个大家庭里，翻开我的成长簿，有着这样的记录：1997年，在原河南省固始县地方税务局组织的税收知识竞赛中，我获得"十大征管能手"荣誉称号；2004年，河南省固始县人大常委会评选"十大人民满意的执法工作者"，我身披金色绶带名列其中；2010——2012年，因年度公务员考核连续3年评为优秀等次，2013年，我被原河南省信阳市地方税务局荣记三等功一次；2016年和2017年，我又连续获得公务员优秀等次；2018年被评为优秀党务工作者……三看两不看，人就重回志得意满，傻傻地细数这些年自己用汗水取得的成绩，眉开眼笑……

时光荏苒，日历在不知不觉中翻过了二十几本。冬去春来，让草木繁茂，让绿茵吐翠，让桃红柳绿，处处洋溢着诗意和灵动。

七月似火，改革流金。国家税务总局固始县税务局挂牌了。这一天，是2018年7月20日。岁月回望，我参加税务工作一年后亲历1994年国地税机构分设，时隔二十四年又见证了国地税"久别重逢"……这是个多么值得期盼的日子。

民间有一句俗语：生就的骨头长就的肉。国税地税征管体制改革带走惊心动魄的四季轮回。流年观碎影，夜雨问花香。一切都在变化、传承、创新、发展着，税收征管手段"鸟枪换炮"，由过去的人工征收，到如今全面升级为微机征收。屠宰税取消了，固定资产方向调节税停征了，营业税没有了，个体工商户纳税起征点提高了，小微企业享受税收减免优惠政策了、社保费和非税收入征管职责划转税务部门……便民办税春风行动和优化税收营商环境，让纳税人在办税服务厅、网上办税系统可统一办理所有税收业务，由过去的"办税两头跑、资料两边报"转变为"进一家门、一个窗口办结"，充分享受"一厅通办""一网通办"等优质服务，减税降费落地生根，切切实实让纳税人享受改革红利和办税便利……

青春无悔，逐税月芳华。总有一段情，让你割舍不下。这样，你会更加深刻地感受到，这世界只有努力，没有捷径。在岁月里演绎出属于自己一部草根的税务志。懂得如何去感恩，是充盈自己生命的最好方式。

眺望前方，我愿做湖边的一棵树，伸展的枝丫也有梦想，多么想回到辽阔的森林里，内心有着火的烈焰，有着湖心的涟漪，两岸的波涛，有着时间不朽的年轮。

不久前的一天午后，有位企业财务负责人微信咨询我，如何在自然人税收管理系统扣缴客户端中进行零申报？我告诉他，该客户端主要提供个人所得税代扣代缴业务的离线填写和在线申报等功能。同时，支持办税人员实名、员工实名信息采集、专项抵扣信息采集等相关业务。我又告诉他简单操作方法，并发去了截图，让他看好了。过了一会儿，他发来两个字：搞定。还未等我看完，他又发来一个大大的"赞"。

谁能拒绝理解的狂喜，彼此懂得的激荡快慰呢，哪怕只是一刹那间。看到改革和发展中的税务人正在赢得纳税人更多的尊重，一种自豪感从心底油然而生……我情不自禁地摸了一下佩戴在左胸脯上方的"中国税务"红字铜牌。

最美的风景，往往在下一站。漫漫从税路，我们不仅要有奔腾不息的一腔热血，还要时刻保持一颗平常心，以"不以物喜，不以己悲"的从容、沉着、清醒和冷静，团结干事、踏实干事、激情干事，思想合拍、行动合拍、工作合力，敢于担责，敢于负责，承受压力，做征管体制改革征途的"一团火"，心无旁骛，履职尽责，做到思想不乱、工作不断、队伍不散、干劲不减，做个自带山河的税务人，在平凡的岁月中闪光。

税月留香，重拾起了心底最纯净美好的思绪。一张张精致的贺卡，被同事们欢喜地拿在手里，欣赏赞叹，又精心叠好收存起来。我拿出来念出了这八个字。我觉得，它们最能够描绘税收的属性，也最能够表达我对自己所从事工作的敬佩——

为国聚财。

为民收税。

它教给我认真、公道、善良地对人对事，这就是对税收最好的诠释。

岁月啊，你让税收追随着时代的脚步，幸福着时代的幸福，像一位慈祥的母亲，用你甘甜的乳汁哺育我们追寻的幸福。世上最重要的事，不在于我们在何处，而在于我们朝着什么方向走。坦然面对风雨税收路，自在而投入，执着而不弃。信念坚定，心存大爱，忘我奉献，锐意进取，这是新时代税务人心中共同的底色。

那天，有风吹来，从我们县税务局对面走过来两个人，边走边聊，伴着怡人的风儿，我依稀听见他们谈笑间飘来的话语，国税地税合并，办税真好呀——

满脸兴奋，神采飞扬。一张笑脸迎纳税人。我欢快地迎向前……

远山又着墨，树影空交错，云从掌畔过，送与谁人拓。流逝的岁月肯定不会再回来。当国税地税成为记忆，历史将被永远铭记，岁月将会点燃希冀……

没有梦想，何必前方。

"我们都在努力奔跑，我们都是追梦人。"

亲切的话语、殷切的期待、郑重的嘱托，激励着每一个人继续在奔跑中拥抱梦想、成就梦想。每一次改革都是新生和成长，都积攒一份人生历练。这些将是我们人生中一段最为宝贵的经历，也是我们心中那一道光芒，照亮新时代税收的天空。倘若我心中的税收，你眼中都看到，我便心满意足了，经常享受这种幸福。长歌一曲，喜看春暖花开。那一刻，你深情如许，我幸福如花。

来时不忙，去时不慌。茫茫的尘世里，又是谁蓦然再回首。任何一件事情，只要心甘情愿，总是能够变得简单。税收，你是我的至爱，我愿以你之名，描绘家乡税收新画卷，四野放眼望，原野一片灿烂。眼眸有星辰，心中有山河，以梦为马，不负韶华。过往岁月，心怀感恩，让我从一名退伍军人渐渐成长为一名中国作家协会会员，并发表了大量的文学作品，可以坦言，越努力，越有希望。

流年化作风化作雨，岁月是一束花开，税人，税事，繁华万千。岁月匆匆，经不住似水流年，过去的一切如电影般一幕幕出现在眼前，那些幸福时光，就像画梅望春的喜悦，经年留存在我的心头。

岁月依依，步履匆匆。多少个日起日落，多少次风卷云舒，所有经历，深深埋进记忆里，无数憧憬，冲刷出沟河纵横……我愿和你高歌一曲《我和我的祖国》，步履铿锵，以一颗滚烫的赤子之心，与共和国同行，伴随着税收征管体制改革的深入，走在出彩路上。步伐坚定，让我们一起见证岁月的静美，享受最美的时光，做个出彩中原税务人。

流逝的岁月，芬芳流金岁月，何其厚我。有些爱，只能止于唇齿，掩于岁月。站在新时代新税务新起点上，我们整蓄力量再出发。税收，我对于你，如鲸向海，似鸟投林。最喜欢你像四季鲜花，芬香四溢，暖意满怀。

在我心里，这些既是我生命里美好税收年华的见证，更是岁月给予我最美的馈赠。一路走来，感谢有你！

岭上开遍映山红

喜看鸽群飞过长空，掠过多彩的城市和村落。

那一天，雨过天晴，我驱车百余里来到地处大别山南麓的西九华山，这里的空气格外清新、湿润，空气中飘荡着不知名的花草香，和着泥土的味道，让人迷醉。

山道两旁都是花，那是名副其实的花径。说来奇怪，山边的花草丛里，居然还有映山红。令人惊喜！望着花儿娇俏的模样，我情不自禁弯下腰身，端详着一丛丛、一簇簇的映山红……

通常漫山遍野的映山红绽放在三四月间，如今它却在盛夏六月花开灿烂。

人生旅途，当你对人生保持一颗恬静的心，或许就能收获意外的惊喜。

着一丛丛、一簇簇的映山红，我的思绪回到从前。

"我志愿加入中国共产党的，拥护党的纲领，遵守党的章程……" 28 年过去了，我在部队入党时的场景依然清晰在目。

那是 1991 年 6 月 25 日。那一刻，我热血沸腾，面对鲜红的党旗，庄严地握紧右拳，发出来自心底的誓言。

也是那年冬天，我退伍回乡，成为一名收税人。20 多年来，无论身处南部深山区，还是在东西部丘陵平原，都带着激情、感情和真情，在真抓实干中坚定理想信念，在勤勉肯干中砥砺本领，在埋头苦干中升华境界，让每个岗位经历都成为一段"激情燃烧的岁月"。

曾经工作过的一个税务分局,地处城乡接合部,负责辖区内 5 个乡镇的税收征管,任务很艰巨。我和同事深入到企业、个体户中,将 350 余户企业和个体户的基本情况都熟谙于心,实现所辖五个乡镇税收"满堂彩",年地方级税收超过 1000 万元。

七年前五月的一天,在领导和同事们信任的目光里,我走上了基层副科级领导岗位。可命运的大船犹如江河风浪,常将人事颠覆得怆然无措。那一年夏,我不幸遭遇了一场几乎致命的车祸,接连在县城医院和省级骨科医院动过 4 次大手术,身上留有几十厘米的手术刀口疤痕。自从那以后,我元气大伤,体质越来越弱,稍微有个风吹草动就要去医院输液,头疼脑热更是家常便饭,领导多次提醒我注意身体多休息。可我并没有因为身体不适而降低工作标准。党员的责任和担当,让我获取正能量。

2018 年,全国税务系统踏上壮阔的国税、地税征管体制改革之路,奔赴一场深刻改变中国税收治理的征程,我怎能缺席呢?自觉立起标准、严起作风、振奋起精神,撸起袖子加油干……工作连轴转,几乎没有歇息的工夫,加班加点已经成了工作中的一种自觉,早出晚归成为了生活的常态。同事都喜欢叫我"拼命三郎"。其实,他们又何尝不是如此呢?单位上下像一列飞驰的高铁高效运转,全力奋战在税收第一线,我们的税源清查、纳税人电子档案信息采集、税收风险应对和税务疑点数据治理等工作方面,全部步入全县前列。面对这一切,我喜不自胜,所有的疲惫顿时烟消云散。回望来路,每一个日子都写满我们对税务蓝的憧憬与眷恋,万千感慨涌上心头……

在这个美好的季节里,站在家乡这片红土地上,闻着泥土的芬芳,汲取着深厚的精神营养,我把对党忠诚刻进骨子里,事事以人民为念,时时为人民谋福,是党的宗旨使然,是共产党人的使命所在。只有身板直,腰杆硬,才能赢得人民的信任拥戴,才能让我们的党旗永远高高飘扬。

党啊,我为你而歌。站在新时代新税务新起点上,初心是如此的炽热,是如此的澄澈,是如此的充满张力活力。无论走多远,我都会始终牢记,自己从哪里来,到哪里去。无论走多远,我都会始终牢记,对党忠诚、个人干净、敢于担当，做不忘初心、牢记使命的税务人。跟着党走，我信念如磐。任时光流逝，此生不移。

眺望远方，群山如黛。我仿佛听到心底有个声音：使命在肩，无怨无悔！

天高云淡，风景如画，西九华山旖旎的风景，一眼望去尽收眼底；岭上开遍的映山红，依然留存在我心底。确切地说，每一个内心辽阔的税务人，都有满肚子语言，匹配这漫山遍野的映山红。

卷二

见·见字如面

因为常挂念，
所以停下脚步，
想想从前，
盼望和你再来一次惊喜的相见。

绽放

踏入三月，新冠肺炎疫情的阴霾已在祖国的蓝天下逐渐消散，向宅家的日子挥手告别，走出去，亲近气候宜人的大自然，阳光下的花朵已向我们绽开久违的笑靥。

我们深深期盼的那个春天，真的到来了，它带来了万紫千红，带来了久别重逢，带来了如画江山，它也让我们懂得了珍惜，懂得了爱，懂得了温暖。

那天，摘下口罩，走向不远处的一片竹林。阳光洒在竹林间，落下斑驳的光影，绿色的竹竿笔直地刺向天穹，春笋还未破土而出。

竹林，木屋，树影婆娑，午后的阳光透过斑驳的木窗，在我的眸子中闪光，在我翻开的书页上闪光……

时光流转，不事张扬的税务本色，让我的书香人生增添更多的色彩。

在那些温暖的岁月里，在那些简朴而纯粹的风景里，安放着我们的心灵。悠远的岁月沉香，瑰丽的人生收获，温暖的情怀触动，别致的心灵感悟，都是可以用笔倾诉的对象。写下曾经的过往，留下匆匆的"税"月之痕。

微风轻拂，一次次地叩响我的心房。收税之余，平日素爱阅读和写作。生活在城区，衣食无忧，经常做这些事，没有人逼我，纯粹是业余爱好。这种业余爱好成为我唯一的追求，既快乐又忐忑，那里藏着我少年时的绚丽梦想。据了解，很多作者是经过了深思熟虑才开始动笔，而我经常凭着一点好奇心就莽撞行事。

闲下来的时候，我像长不大的孩童，喜欢四处奔跑。市井生活的真实、鲜活，陆陆续续在我的笔下复活。南来北往，不论什么远与近。一条道儿你和我，都是同路人，静静欣赏属于自己的风景，不打扰，不炫耀，不言好坏，不诉悲欢。

漫漫人生路，有梦你就追，不留遗憾和后悔。"对于一个爱好写作的人来说，首先要有丰富的生活经历，对生活有敏感深入独特的感悟。"真是不谋而合。朋友这么说来，我有无尽的欢喜，肆意挥霍着笔耕的乐趣。

繁星点点，我们共同撑起了灿烂的星空。岁月长河，每个税务人的人生故事，历历在目，令人感慨……期盼有一天，这些都能成为我笔下的风景。

值得终生铭记的2013年，中国作家协会发展新会员473人，河南有17人，幸运的是，我竟然名列其中。当朋友纷纷告诉我喜讯的那一刻，充盈着温馨与甜蜜。多年的文学追求，终于"修成正果"。

或许为了拔高我，是年底，河南省固始县作家协会换届，在大家鼓励和信任的目光中，新一届固始县作家协会副主席的位置给我留了一个。

岁月荏苒，岁月如歌，让好日子梦想成真。文学何尝不是如此呢？

文学使人向善，她照亮生活，温暖心灵；她传递正能量，助力中国梦。税收与文学，是我今生无法割舍的爱；税收与文学，是我人生的亮色。在生命的枝头上，深埋税务情结。文学，浸泡一生的思念。

峥嵘岁月，铸就了我们税收事业的辉煌业绩。岁月的回音，流淌着月光。我愿用美的心灵感受文字之美，人性之美。

难能可贵的是，2014年在全省税务工作会议上，时任河南省信阳市地方税务局局长王东风把我加入中国作家协会作为"突出文化引领、打造责任型地税"活动的唯一亮点工作自豪地向与会的领导进行了隆重推荐。因而，让我赢得众人羡慕的目光。

这无疑是为我又打开了一扇明亮的天窗，让我可以更加舒意地感受到了文学那多姿多彩的明媚和灿烂。对于爱好文学的我来说，可谓弥足珍贵。

在现实生活中，每个人都需要鼓励。其实鼓励很简单，有时只是一瞥赞许的眼神，一句热情中肯的话语……

那一年，早春三月，正是豫南最美好的季节。风暖云淡，处处盛开的桃花使正在兴起的古城固始平添几分妩媚。时任河南省地方税务局局长智勐亲赴固始进行为期一周的蹲点调研。

那是春暖花开的季节，2015 年 3 月 10 日，您微笑着来到小镇汪棚，来到我们中间。

相遇的一瞬间，一点也不感到陌生。您谦逊平和，我们与您相处在一起，更觉平易近人。得知我多年对文学的坚守，您一边翻阅我出版的书一边鼓励我，不要急，慢慢写。文章要写出自己的内心，写出对自己精神世界的感悟，这样的文章才能情真意切，才能打动人心。

话语间包含了浓浓的关爱之情。看来您对我坚持文学创作是赞赏的。

对于我这个基层税务所所长而言，似乎瞬间高大起来。

当时我心头一热，感动之情油然而生，而这种感动，让我接连写出了关于您的篇章：《春到小镇税务所》《向春天歌唱》《春光媚，邀来清风随》……

岁月流逝，2018 年国税地税合并了，您成为我们翘首以盼的新河南税务"掌门人"。

时光匆匆，踏遍心田的每一角，踩透心灵的每一寸，满是对您的敬意。

多么盼望您能再次踏上固始这片曾经熟悉的土地。

下乡收税的路上，紫槐一溜儿排开去，枝丫间挂满了花朵。道路两边的麦地里，大片大片的麦苗，向上生长。

"让税收文学的大舞台光彩夺目，让税收事业的百花园繁花似锦，让税收现代化的征程阳光一路、豪情满怀。"我仔细阅读国家税务总局局长王军发表在《中国税务报》的文章《发挥文学作用，讲好税收故事》，该文篇幅很长，充满真情实感，他也在积极为营造税收文学氛围发声。

读着这一令人热血沸腾的文字，我的文学创作热情被极大地调动起来，一如缪斯女神轻叩少女的心扉。

幸福的感受，就在心里。做人如山，容万物；做人似水，知进退。当和风款款起舞，当繁花再叙细语，当时光的河逐渐流成舒缓，回首过往，税收与写作让我深深依恋着。或隽逸灵秀，或韵味绵长，或天马行空，或直言生活。这些文字闪耀着人性的光芒，还原着生活的本色。

命若野火，一岁一枯荣。一路走来，从部队到地方，从军人到税官，从乡村到县城，我一直在文学路上跋涉。天道酬勤，文学有爱，都说幸福来之不易。我认为，写作是生活的状态，是心灵的色彩，是一座城市的表情和心跳，是我们每个人都可以倾诉的心灵之曲。

雨过天晴，疫情终将过去，大地是如此辽阔。庸常的日子就有了诗意，所有的美景都如期而至。文学在我心里，宛若一道无比美丽的风景，一道别致的挥之不去的美景。她占据了我心中的每一个角落，吸引我情不自禁走进去。

渐渐地，她已悄然成花，一朵开在税苑的文学之花，正在美丽绽放。

"汗水的浇灌必然能绽放出娇艳的花朵。有梦想的生命，就像总有雨露浇灌的花草！"巧合的是，我的领导——固始县税务局局长王军，名字与国家税务总局局长一字不差。

在这里，我想对您说，您丰富的从税经历和人生阅历，是我学习的榜样。您对我工作之余爱好写作也给予了更多的关心和鼓励。

与您这样的领导共事，我总是信心满满。

人世纷繁，相遇最美。每个人内心深处都渴望，被爱、被尊重、被肯定、被赞赏……

文学，因为喜欢，所以坚持。

税之芬芳，和风拂面，疫情过后，豫南古城固始一切都是那样美好。文学之于我，如同挚爱的恋人，钟情拥抱，只为感受彼此的心跳……

春天等等我，我要约个伴，待疫情的阴霾逐渐散去，慢行静品细细听，好风景当与君共赏，有些美需要用心去发现。

相遇离散，随缘而行，心存挂念，无须寒暄，自此向暖。活着就是春天。等到疫情结束，我们再也不用佩戴口罩，放松心情，一起去秀水公园观赏百花绽放的景致。好吗？

遇见便是缘

春暖花开，桃红柳绿。时常，沉醉在豫南的春景里，看春茶飘香，看春水绿如蓝，看桃花醉东风。时光匆匆，总有一些人和事难以忘怀。

那是暮春的一个周日，近午时分，家住信阳市内的一位张姓朋友来固始探访我。他大我两岁，我尊他为兄。我俩分别已有五六年的光景。

俗话说，"衣不如新，人不如故"。张兄携有"礼品"，是两盒包装精美的信阳毛尖茶。落座后，他为我泡了一杯毛尖茶，让我好好品尝。一叶叶嫩芽，从枝头"飞"入杯中，提壶注水，茶香四溢，细细品味，口齿生香。冲泡了几次，入口之后仍觉得茶香氤氲，清香盈室。喝茶久了，慢慢品出茶之香，茶之味，不仅回味无穷，而且引人入胜。茶就像好风景，不会止于山水，山水尽处，还可以坐看云起，茶的香味过后，还有茶之韵味。张兄侃侃而谈，不觉一个小时就过去了，依然有言犹未尽之感。

一杯茶，一座山，信阳的名字与茶的韵致走进寻常人家，与我们息息相通、心儿相连。

在金融部门工作的妻子下班回来，动作麻利地做了四菜一汤。我找出一瓶珍藏多年的剑南春，拿出两个酒杯，与他对饮。几杯酒下肚，张兄脸上呈现出酡红。

午饭后，他谢绝了我的再三挽留，说思家心切，下午两点返回信阳的车票已买好。

临别之时，善解人意的妻回赠家乡的土特产，他爱面子，推辞不要。我佯装生气地说，见外呀，不就是两件米糠油和两盒固始"笨"鸡蛋嘛，还抵不上你那一盒信阳毛尖茶。他见我这么说，只好把土特产收下了。在车站等了一会儿，中巴车开来了，我俩依依惜别。回到家，我见沙发上放有一张纸条，是张兄留下的。他在上面写道，信阳毛尖是茶中极品，经杀青、揉捻、干燥等典型工艺制成的……

一缕茶香，或许能让你遇到知己。张兄的殷殷之心，令我感动不已。

家乡固始也产有很多品牌茶叶，比如有，九华山毛尖、仰天雪绿、十八盘毛峰、青峰云雾、杨山春绿等茶中上品。

春去春又回。又是一年春草绿。

一场春雨之后，有消息传来。那天，信阳毛尖新茶刚刚上市，张兄就托熟人在浉河港茶场抢购了20斤信阳毛尖，因急赶着给一家敬老院送去，让老人们"尝鲜"，路上遭遇车祸不幸离世。

闻知，我不禁潸然泪下。生命中的过客，就像路边的风景，只可欣赏，不可驻足。

望着窗外的青草滴翠，红花吐蕊，静静地品一杯信阳毛尖，茶香沁人心脾。这时，你会体验到生命的宝贵，时间的有限。

我相信，一切都是缘分。人生有两种境界，一种是痛而不言，另一种是笑而不语。常听人说，毛尖茶可以让浮躁的心变得安静，可以改善一个人的心境。现在的人们生活越来越好，身边越来越多的人在喝信阳毛尖。一杯茶，品人生沉浮；平常心，造万千世界。我已经被信阳毛尖的内涵深深吸引住了。退伍回乡这些年，步履匆匆，来来往往，我始终对信阳毛尖情有独钟。喜欢它的香气，喜欢它的味道，喜欢它的豁达，喜欢它的韵味。在收税之余，我会泡上一大壶信阳毛尖茶，然后徐徐倒入玻璃杯中，茶叶从上面徐徐下落，并缓缓舒展……不要说喝，光看着就满是诗意。当然，在醉人的茶香诱惑下静静品茗，有时兴致所及，让自己发思古之幽情，念天地之悠悠。

谷雨还未到，在信阳某茶业公司当经理的一位朋友就早早地给我打来电话，说因为气候的原因，信阳毛尖很"走俏"，询问我想要几斤，他好早做准备，免得到时想买也买不到。

挂了电话，不远处，轻盈地走来一位年轻的女子，她手里提着一盒信阳毛尖，心中的喜悦自然溢于言表。她肌肤白皙，五官精致，穿着简单率性，明媚地笑着。如阳光一样和谐而温暖。

那一刻，我情不自禁想起了一句话，我自轻盈我自香。

兰花的故事

倚在窗前读完兰花的信，我坐下来，凝神片刻，铺开信笺，省略了一切繁文缛节，直抵心底：兰花妹子，见字如面。人生最值得珍惜的就是，随着岁月的流逝，友谊却更加久远，真情却依然如故，要敢于活出自己想要的样子……末了，我告诉她我的微信号，相约在中秋夜视频连线，我们一起聊天唠嗑，共享一轮明月，享受"彼此在身边、从未曾走远"的感觉。

世界还有一些宁静的角落，可以让你诗意地栖居。远在藏区的兰花妹子啊，与蓝天白云相互映衬，与温暖阳光同行，多么愿你一生温暖纯良，多么愿你永葆童真，并乐此不疲地去生活，不舍爱与自由。

那些远去的岁月，寂寞了发黄的信笺，这些鲜活的气息，明媚了灵魂深处永恒的春天。

生命若是一场途径，遇见就是最美的盛放。时光之外，锦字之间，所有的相遇和美好都会在光阴深处落地开花，成全着千回百转的暖。浮萍的过往，碧绿的心窗，把我的心事埋下。开启镂雕的光阴的门，风过耳畔，情洒心间。

写罢回信，走出家门，三步并成两步，来到距离400米的秀水路一家快递店，当天把信寄走。然后，我与熟人打声招呼，哼着小曲，踩着小碎步，推开家门，客厅里，妻子陪着岳母正在观看电视，惊喜地发现，电视里播放的是我平日喜欢的歌曲，一位笑容甜美的女子正在倾情演唱凤凰传奇的《心中的雪莲花》："愿歌声为你祝福，藏家有了你，高原如此美丽，敞开宽阔的胸怀，献给世界最深深的爱。雪山有了你，永远不会融化……"

我感觉唱歌的女子是那么的熟悉，歌声是那么的亲切，趋前细看，不错，是兰花。果然是她。经过主持人介绍，她是来参加"壮丽70年·奋斗新时代"表彰大会的优秀教师代表之一。

歌声如兰花般的馨香，顷刻溢满房间。

大会最后，兰花感叹道："过去艰苦的岁月一去不复返了，我们的日子越过越好。"

我看见她脸上露出了会心的微笑。

我们都在努力奔跑，我们都是追梦人。

多年前，我也试着流连于异乡，在熟悉或陌生的街巷里穿梭张望，在精致或简陋的书摊前细选精挑……人海茫茫，步履匆匆，却不曾有一张熟悉的脸。

我仿佛看到岁月的年轮里，卧了一大片草嫩草嫩的绿，一声清脆的鸟鸣叫醒了整个春天，顷刻间大地沉在丹田的气回流经脉，经络活起来，天地间陡然有了亮色，生出万千气象。原本什么都不想，却又让你想了很多。气势恢宏，旁若无物，我想这就是故乡的自然情怀吧！

兰有秀兮菊有芳。意即秀美的是兰花呀，芳香的是菊花。天地再广，岁月的河流再长，也挡不住、绕不开这朵兰花开。人比起自然的改变也就变得快了，时间不知不觉就过完了，就像山间的小溪水一直往前，永不回头。任浮云变幻，她就在那里，以优美的姿态，婉约开放，流韵芬芳。这朵婉约花，在红尘中绽放，一次次姹紫嫣红。

兰花的美，在目光所及之内，也在目光所及之外，当它的一茎花朵开始凋零，褪去了原有的繁华，失去了原有的光泽，它作为故事的历程却才刚刚开始。我们的生命，也应该如兰花一样，勇敢绽放沁人心脾的芳芳。

灵魂有香气的女子，必然心有繁花，优雅而美丽地绽放，写在脸上，流淌在指尖……我敢坦言，她的经历有多崎岖，生命就有多丰饶。殊不知姹紫嫣红，滴落在人间化作人间的悲喜，散落一地金黄。

曾经的时光浓缩了庸常的日子，轻轻地问候深深地思念。渐渐我们学会了接受，接受一切遇见与离别，接受岁月的所有变化。人们常说，世上最美丽而又最珍贵的东西是人间情分。哪怕只有寂静的空山，也是我们熟悉而喜爱的滋养万物的宝藏。兰花的故事一段又一段，记录着生活的苦与乐，承载着世间的良善，细细品味，感动和思念充盈心间。

风起叶落，是最适合想念的季节。

那一日，谢绝朋友的宴请，我收拾心情，喜滋滋回到豫南乡下的老家，在这里，乡亲们引用古诗给描绘了村庄一幅美好的休闲画卷：夏日独坐小溪边，几卷闲书看半天，一把破扇慢慢摇，无事便是小神仙。

年迈的母亲在灶间忙碌着做一些我爱吃的土鸡锅和锅坎馍，烟囱的炊烟袅袅升起……

晓看天色暮看云，闲来无事，我在离家不远的河边漫步，不知不觉走到了小河的尽头，眼前仿佛已经没有路了。我索性在河边的一块石头上坐下，裤腿卷起，把双腿放在欢快流淌的河水里，清凌凌的河水，有小鱼穿梭在我双腿之间，让我幸福地窒息。

我曾躺在河岸的槐树下，看着密集的叶缝间漏下点滴的光，把一侧的耳朵紧贴草地，感受河水滑过河床发出的细微振动。

我久坐在河边的石头上，像哲人一般感慨岁月荏苒，时光掩盖了过往。西边的天空有云彩翻腾，我极目望过去，望过去，满目都是祥云朵朵。

夕阳西下人西辞，执笔纸上落几字。今生与兰花妹子相遇，可谁说不是坦坦然然，她的故事唯美了我人生的美好年华。愿我们都如书，封面漂亮，内容精彩。不管在哪个年纪，都活成最好的模样。

朝向西面，眺望远方，依稀间，悠然一曲，又闻兰花香……

拈花一笑

回到乡下老家，常坐在庭院里，对一盆盆大大小小的花草出神。这些花草起初一星一点，继而绿意渐浓。静坐午后暖阳下，有一丝风飘过，风里有植物的味道，还有远处隐约传来的歌声，"蔷薇蔷薇处处开，青春青春处处在……"触景生情，我情丝蹁跹。

前不久，单位又有新录用的公务员入职了。组织收入、纳税服务、脱贫攻坚、减税降费……他们怎能缺席？一群年轻的税务人，活跃在基层，远离都市喧哗热闹的生活，没有父母家人的照顾呵护，守着寂寞，吃苦奉献，唱响了一曲新时代的青春之歌。当风吹过，一个个青春飞扬，激情满怀。那一刻，早已迈过青春门槛的我，感慨万千。青春无敌，青春无畏。

青春是什么？有人说，青春是一首歌，回荡着欢快、美妙的旋律；有人说，青春是一幅画，镌刻着瑰丽、浪漫的色彩；有人说，青春是一首诗，字里行间氤氲着憧憬。我想说，青春是无穷的远方。

年华似水，它会让我们想起当年的单纯，当年的豪情壮志，当年的热血与执着。无论是在火热的军营，还是在大别山深处的税务所……在不经意间我都会想起青年时代曾经所拥有过的韶华。人们总是认为，年轻人，有朝气，思想活跃，有强烈的进取精神。

其实，年轻人有时面对的诱惑也很多，一旦抵挡不住就会跌倒。学会淡然和坦然，保持那份"把人生当成一个故事"的心境好好工作和生活是多么的不易。对于每一个年轻人来讲，起点都是一样的，能否走得更远、达到更高，在一定程度上则取决于出发的心态和志向。怎样不虚度年华？学会优雅而昂扬地走向明天，才是青春岁月最该读取的人生密码。

青春是美好的，也是短暂的，它也许是你人生的一处驿站，不过请记住，即使它像一颗流星，我们也要努力让它成为一次辉煌的闪现，不惧艰难困险，敢于拼搏，志比云天。青春需要坚守责任、担当责任。灾难和打击经常不期而至，再坎坷再沉重的现实，你都必须坚强、必须挺住，不能退却也无法退却。

生活可以抛弃你，但你不可以抛弃生活，因为你的身后还有渐已苍老的双亲，你就是他们头顶上的天和脚底下的地。艰难困苦和风花雪月，都是生活的其中应有之义。草木有情，因为不再是两株植物的朴素而生，而是多了让人怦然心动的相依。

青春岁月，溢满我们流淌的浓浓情怀。生活在一个亮丽的季节，一个充满青春活力的字眼，去追回与青春同行、释放自己青春的能量。

时间如河流缓缓流淌。平庸还是出众，往往根源于我们自己的选择。想要舒适安逸，我们总会有无数理由说服自己安于现状；想要变得更好，唯有努力进取。你怎样对待生活，生活便怎样回馈你。有时候，你做不成一件事，不是因为天分不够，而是你没有足够的坚持和热爱，不是因为看到了希望才坚持，而是因为坚持了才看到希望。积极的心态、行动的状态，是战胜自己、赢得明天的有力武器。

风雨过后，启程再出发。需要感恩温暖、传递温暖。珍惜健康、珍惜当下，勤奋做事、勤勉做人，知足常乐、知恩图报。把社会的关心、亲友的帮扶牢记心间，并传递下去，让温暖和阳光更多地陪伴人生。你要知道，在这个世界上，总有人偷偷爱着你。

人世间，有太多的情感和归宿，我们不能把握。是谁在岁月深处深情凝望？徘徊在时光的碎影，依旧是那么恬淡安然。一个背影走进人生四季，一个笑容绽放眼前，笑容里陶醉了老树、星月，在繁忙的日子又发现了真情。

记得某一秋日午后，心情愉悦，邀上三五友人，避开闹市繁华，随意选一乡村农家餐馆，这里装饰简约，清新自然，宛如玉珠轻轻跌落盘中的吟唱，或深或浅的歌声在茅屋的周围飘扬。

有一邻家小妹款款而来。

秋日的阳光被轻纱剪碎投递在她身上，雪白的肌肤泛着眩目的色彩，仿佛吹弹可破，瞬间让人内心澎湃。穿着裙衫的小妹，她的体态有着熟龄女子所没有的清纯与稚气，这一缕清纯稚气与少女特有的玲珑体态勾兑出一碗醉人的美酒，不饮自醉。褪去烦琐，她和着轻歌曼舞一曲，舞姿妖娆动人。惊喜之下，大家举杯共饮，莫顾酒后之态，或清酒浅尝，或一醉方休，任凭那一小段时光碾过生命，化身为婉转的画眉鸟的啼叫，将我唤醒在下一个崭新的鸟语花香的清晨。

活在这珍贵的人间，多情的风吹来，青春之花在税苑尽情绽放。时光简单而单纯，我把生命中对税务工作最初的热情全部倾注于此。蓝色方阵里，让我生命里有了蓝色的记忆，青春告诉我什么是忠诚和美丽；风霜雪雨，让我经历了岁月的洗礼……繁华落尽，浮躁渐去，都成烟雨。一些看似简单的"人生公理"，可能寻常，或许遥远，但当时过境迁、事过境迁，才能品出味道、有所体悟。会有那么一天，你活成了你最爱的样子，让所有的伤痕都变成了勋章。

风过田野，空灵寥远的声音不绝于耳，仿佛从岁月深处走来，又向岁月深处走去。下乡收税的路上，站在村口朝西望，群田静默，村庄炊烟袅袅升起，那时我小小的心脏，就有一种被辽阔的感觉……

豫南的阳光总是那么和煦，微风总是那么轻柔，情丝飘过心头，宁静亦使然……翩然的思绪里让今朝与往事缠绕共舞，缠绵在如花芬芳的往事里，花絮飘香，暗香盈袖。

喧嚣的尘世，难得有一颗宁静的心。年岁渐长，剥去浮华，世事也疏淡了。越来越在乎和关注那些生命中最本真的东西，于人，于物，于事，于生活亦安然。

从税经历的感动与收获，让我在收税之余，写一些清清淡淡的文字，关于生活、关于情感、关于税收、关于乡愁、关于梦想……记录生活，记录心情，礼赞身边的同事对税收事业的热爱与忠诚，也正是这些业余爱好，让我在遭遇种种不如意的时候，心灵得到慰藉，躁动的情绪很快得到平复，给平淡的生活注入一抹微光。也正是这些生命中的微笑与温暖，在记忆中历久弥新。

阳光斜铺下来，金色里透着一点红。心若看透处处皆风景。生活不是等待风暴过去，而是学会在雨中翩翩起舞。与税相伴的日子，像一朵出水的莲，为我们涤荡心性，让我们腾空杂念，虚静笃行，遇到生命中那个更诗意的自己。由着自己，痛痛快快流一场泪。穿越浮世奢华，抵达……

千百年来，人们讴歌青春，赞美青春，既因为青春美好，也因为青春短暂。岁月渡口，拈花一笑，凝眸处，激情飞扬，笑意满怀，我始终无法将青春收藏。

为什么，故乡的土地如此深沉？泥土的芬芳如此醉人？不管远处青翠的绿还是脚下散落一地的黄叶，都是醉人的风景。

庭院外，阳光敛起璀璨，日暮西山格外美。对于爱情、事业、青春与梦想，我们通常只能默然相守，寂静求欢。

成长的岁月中，每个人的经历都是一个精彩的故事。点滴之水融入江海方能生生不息，粒粒种子找到适合自己的土壤才能生根发芽。好高骛远只会虚度时光，脚踏实地方能走得更远！人的一生只有一次青春，让我们一起为青春喝彩、为人生加油，不让青春留憾，一直走向属于自己的诗和远方。

昨夜东风入故园，梦中已见旧人颜。心有千结，解不开思念。青春已逝，村口尽头，怎能忘记你拈花一笑的容颜。

芬芳的生命

那天，不想被城市没完没了的噪声打扰，我回到了乡下的老家，只想让思想自由些，还有我的灵魂。盛夏的阳光炽烈。豫南固始城南有个叫丁谷堆的地方，曾让我无数次往返其间。

丁谷堆是一个高大的封土堆，呈"丁"字形，因为有一座很大的古墓而出名。古墓的周围长满了萋萋青草，守护墓地的数棵高大的古松、古柏老枝苍劲，昂首云天。当地传说，古墓里埋葬着明末农民起义军领袖李自成的一个妃子。当年，闯王李自成席卷河南，途经此地，由于连日奔波劳累，他的一个爱妃突然发病去世。李自成率义军还要行军打仗，他就只好将她随地掩埋。义军将士们，每人往墓上添一锹土，很快一个"丁"字形的大型封土堆就形成了……挖空的地面，风吹雨打，年久渐渐地形成了一座很大的塘堰，一年四季里面的水没有干涸过。后人就以地形称呼此地为丁谷堆。

关于李自成爱妃的故事，众说纷纭，正史上虽然没有关于李自成到过固始的明确记载，但在当地仍然流传着这些故事，随着时光的推移，经久不衰。

时光荏苒，古墓离今大约400年了，以前时有盗墓贼光顾。有一年清明，我去那里，见到地面零星散落着一些古钱币，随即拾捡几枚收藏。古墓旁边，立有一座小庙，不知是何时何人所建，这些年来，香火缭绕一直没有中断过。远在他乡的人千里迢迢赶来祭拜。那天，听附近村里的老人们介绍，该小庙经过岁月的变迁，尽管周围已经长满了青苔，但是也见证着整个村子的发展变化，多少年来保佑着这个小村子，风调雨顺，很有灵气。现今，这里已成为或远或近的人们择墓的风水宝地。我太奶、奶奶，大伯父，还有去世不久的父亲和二伯父，他们都安身在丁谷堆附近。

先人们不讲究所谓风水，他们愿把自己的魂灵交给丁谷堆，在这里归于尘埃。因而，丁谷堆这里的土也就渐渐越垒越多，甚至高出地面数米，阳光最先照到那儿，四周榕树如盖，樟树挺立。我和亲人们每年都会在清明或者春节前来到这里，上香、烧些纸钱，凭吊、祭奠先人们。

曾经有人在丁谷堆那儿挖出一块挺大又很精美的石碑。因年代久远，石碑上的字迹模糊不清，依稀可见的字样表明一位女子曾在此栖身。

放眼四望，这里桃红柳绿，草长莺飞。一片薄如轻纱的云朵罩在头顶。轻纱似的云朵镶了金边。极目远望，看那没有尽头的尽头，不仅没有欣喜，甚至颇为沮丧。他们曾经是谁家的亲人，躺在黑暗的泥土里，有太多的时间，也有太多的牵挂。风吹田野，恍惚中一眼看见逝去的他们，难道是，他们乘风回家？

那一日的午后，我独自一人坐在古槐树下，树早已长满了绿叶，就在这一片生机盎然的景色里，无数大大小小挂在高枝上的鸟巢凸显出来，很是醒目。柔风拂过，轻闭双眼，世界所有的声音只化为树叶摆动的沙沙声，随后消散，没有踪影。风吹过了，回忆却没有随风而散，吹拂过面颊的微风，惬意地荡漾在心间，身边似乎发出窸窣的动静，久久不肯离去……

等待你的遇见

惊鸿一瞥间，心中便已种下柔情无限。为你倾尽我的时光，为你倾尽我的思念。

岁月匆匆，阳光明媚的你，笑容依旧灿烂。

惯看春花秋月，始终觉得世间你最好。天涯，凭栏，望不穿。心神颤动，莫把岁月看淡。红尘滚滚，怎能把往日记忆抹去，寂静欢喜在心间。曾经许我，山河岁月为你展开笑颜。透过灿烂阳光，唱一路芬芳的诗篇。

兰心蕙质，清新脱俗，长发飘飘，裙裾飞扬，宛若传说中的仙子降临人间。步履为谁匆匆，深情款款，巧笑嫣然。万家灯火，佳人迷离，缠缠绵绵，若能得你一人相伴，今生便不虚人间此行，浪漫走一遍。拈花一笑，你把柔情写出了人间四季天。

不思量，自难忘，枝头缀满思念。目光流淌，温柔回望，谁的情丝蹁跹。

灯火阑珊，雨落江南，长夜漫漫，细雨漫过河岸。人生喧嚣，你滚烫的心温暖我世间的薄凉。歌声悠扬，云朵的《我的楼兰》在耳边流转，如诗如画呈现。我把酒言欢，愿在你身边沉醉千年。落红吹满头，纵被无情误，不言愁。欢娱在今夕，我的欢颜只为你绽放。如莲心事，笑语盈盈暗香去，叹红颜。愿我如星君如月，那是风中的誓言。

豫南的风吹啊吹，谁的情思被吹乱？风无语，我凝望你，哪怕大别山高淮河水远。想你，愁思百结，岁月仿佛苍老了容颜。抬头望，让悲伤失落在星空外的天边。指尖划过杯盏，抿嘴一笑，相见恨晚。心灵四季，滋润沧海桑田，当年泪水涟涟，滴落百花园，轻敲时光的窗，泪染流年，依稀还在花草间飘香。轻风吹，纵有千种风情，更与何人说。心有阳光，何惧人生荒凉。你在丛中笑，多情女儿大抵如此。一路风景，还有你掠过我双眼的倩影。若能与你相聚在一起，所有景致都让我流连忘返。落叶纷纷，落在你深情相依的眼神里，娇嗔痴怨，皆化作思念，深深浅浅，许你一世繁华，换你今世回眸，那是我心灵深处在低语在呢喃。

人世间，百转千回的思念都是为了遇见，一切都是因了冥冥之中的缘分，向上向善，心怀感恩，与税结缘，因缘而聚，因情而暖。从未说出我是你的爱恋，但你却是我的挂牵。在风中痴痴地盼，季节走向何方，风月无边。

世事短，如梦幻。不去计较空等闲，万事原来都有命，算一算，人情薄，似云卷。短时欢，待你似亲人，因为常挂念，所以停下脚步，想想从前，盼望和你再来一次惊喜的相见。

尘世喧闹，人海厌倦，你总是强作欢颜，我也内心起波澜，以前所有的美好，早已把欢情推离一边，寒夜披衣对月长声叹。渐渐地明白人生若只如初见！是啊，人生哪能多如意，万事只求半称心。夜深人静的时候，甜美过往浮眼前，心甘情愿为你把情伤，静思回想，你我相识一场，越想心儿比蜜甜。多么渴望温柔乡里，和你一梦千年。这些话语是我的心香一瓣。美丽的邻家小妹，愿你看了这些文字别心烦。

采一瓣月光，藏一帘幽香。明月一盏，回首唯留梦儿甜。祈盼从此再没有悲伤，时光荏苒，等待你的遇见。在时光深处等你，守望在季节末端。再相见，笑不语，你眉宇间含情依然。心生欢喜，怎不让人为你万般留恋。

花香溢出，梦里缠绵，感受你心中的暖。多情回望，我依然喜欢你初遇时娇羞的模样，如向日葵般绽放灿烂笑靥。时光清浅，等你等到一寸光阴似水流，此情绵绵，那是我无尽的眷恋。世间多少事，过尽千帆，还你深情如许，愿被岁月温柔以待，不负流年。多年之后我回眸，但愿你还在，盈盈一笑间……

时光里的花草

岁月啊，不喧哗，自有声。草木蔓发，春山可望。税苑花香满径，小城岁月长。从税这些年来，我的人生是匆忙的。匆忙得几乎无法停下脚步，仿佛觉得有许多许多事情在等着我。说来挺怪，我心底里默默挂牵的，却依然是文学。

在我心中，人生最美的风景，都比不过文学。文章发表越多，我就越自信。有时特别看重存在感，如果隔一段时间不在朋友圈里晒晒自己的文章和照片，就对不起强烈的表现欲。认为一天不读书写作，我觉得就好比天上风筝断了线。

满眼烟云，氤氲出万千气象。岁月长河，有些爱，只能止于唇齿，掩于岁月。文学是我心灵的"自留地"，一边演绎着，一边承受着，这就是现实，我愿用毕生的精力去耕耘。顾准先生对待人生的态度是"以无生的觉悟，做有生的事业；以悲观的心情，过乐观的生活。"我坚信，希望总在不远处招手。基层税务工作千头万绪，文学是我缓解工作压力的"减压阀"和"营养餐"。文学能够带你了解这个世界，改变你的精神气质，还原生命里那些纷繁驳杂。无论是出于什么缘由阅读与写作，文学最终都会让我们的生活变得更加有情有趣。

征税之余，我也会关注订阅一些公众号，比如学习强国。那些公众号时时传递熟悉而亲切的气息，温暖着我的心。无论是网络阅读，还是纸质书报刊的阅读，需要营造一个"自己的园地"。文学最富有魅力的地方之一，是它的不确定性，因为生活本身就总处于变换迁移之中，是时光里的花草、故乡的山水以及税人税事让我的文学人生翩翩起舞，也是我青涩岁月的见证。

岁月冉冉，步履匆匆。多少个日起日落，多少次风卷云舒，所有经历，深深埋进记忆里，无数憧憬，冲刷出沟河纵横……我愿和你高歌一曲《我和我的祖国》，步履铿锵，与共和国同行，走在出彩路上。

我们都是追梦人。我们遇到了一个好时代，现代化的信息网络服务和高速高质的交通运输给了我们一种超然自得的底气。追求希望，是一种美好的愿景。

那一日，去固始西九华山，追寻生活和生命的绿意。行至大山深处，云雾缭绕，茂林修竹，溪流淙淙……停下脚步，却看到地面上到处开着匍匐着的零星的野花。蹲下身仔细看去，浅白或淡紫的颜色，一簇簇、一朵朵，在山坡、峭壁、碎石、草木间，用上虚无、寂静、苍茫、渺远，兀自开放着。如此恣意、潇洒，柔软无语。我打开手机，惊喜地录了一段视频。宁静的时光里，花草蓬勃如春，蓓蕾累累，毫无一点懈怠之意，更无乱花渐欲迷人眼的错觉。

风吹过，带来花香、鸟语，站在西九华山上，遥望远方的城市和乡村，在庸常的日子里抠出片刻时光，欣赏身边的花花草草就如同欣赏一篇篇动人的诗篇，于我而言，又何尝不是一种人生的幸运呢？

花草在风中轻舞，太阳温情地照耀着山冈，我凝神倾听群蝉歌吟夏日激情。

日子无须繁花似锦

周末过得寡淡。一想到能和亲人团聚，又心喜不已。

多情的太阳，用高纯度的金，对豫南大地大肆褒扬，那是生我养我的故土。在一个清凉的夏日午后，家乡小城的太阳散发着浓郁的醉人的气息，让人在生命的喧嚣声中，依旧可以寻求到心灵的慰藉和安稳。

斑驳的阳光透过古槐丰满的叶片，泼洒在寂静的庭院里。砖墙、房檐、地面和屋顶的琉璃瓦上，到处可以看到这光影的流痕。随着太阳一路西行，光影不断变化着，时大时小、时长时短、忽明忽暗，一寸一寸地记录着时间的流逝，就好像人的一生，由小及长，由长及老，终究逝去。这个世界，一切都在变，包括一段岁月、一些人、一些事，还有纷杂的情感。世间万物，唯一不变的，是人们宁静安详的心、一段美好的回忆。

岁月就像一条河，不经意间走过人生岁月许多年，如小溪潺潺的流淌，越过高山，流经过平原，看过美丽如画的风景，经历了荆棘密布的险恶景致。岁月朝暮，往来之切。无关着情绪，无关着寂寞，岁月的日记，落过锈迹斑斑的光阴，一切的一切也还是如此熟悉的存在记忆里。盛世的喧嚣与浮躁到了这里却戛然而止，庭院里的一切安静地徜徉在时间的光影中，如同静止了一般，蹉跎度过，日复一日、年复一年，除了村口的老槐树身上多了几条褶皱外，不曾有何变化。

人生在世，快乐与否只是一种感受。喜怒哀乐，满足，痛苦，空虚……肯定地说，在人生的旅途上，只要神志清醒，谁都无法躲避和跃过，那些与生俱来的感受，不全部经历了，岂不枉来人世一遭？人们总免不了要感慨光阴似流水。人活着，需要仰望一些东西，也应该守望一些东西，保有一块心灵的净土。人生的旅途常常会有挫折、会有苦难，这时候需要一种勇气、一种鼓励。在生活留下的印痕中，酸甜苦辣、五味杂陈是每一个人都必须经历的，走过的每一步，都有痕迹，有过困难，有过无助。磕磕绊绊如过往云烟，总会留下光彩照人的一幕。连日来，我和同事们走在乡村精准扶贫的路上，助推脱贫攻坚，让乡亲们生活困难有人管，好日子有奔头。

那天，下村扶贫走访，在小镇上，我遇见已经异地搬迁的贫困户大黄，汗湿的衣服贴着背。他邀请我到他新家而坐，并切开了一个滚圆的西瓜。从小，因为家庭特殊原因，父母离异，自幼双腿残疾的大黄几乎一个人独自长大，曾寄居过不同的家庭，记忆里不同的乡村、不同的人的气息，泥土、植物、自然的气息，使他对故乡特别眷恋。搬迁到这个新家，他改嫁他乡的老娘来过几次，喜欢却也担忧，希望他能谋个更安定些的事儿。确实，维持自己还有家人的理想生活并不容易，有时会因为达不到心里想的很头疼，每天要将一些乱七八糟的琐事理顺，那就需要一颗强大并且井然有序的心脏。

我们在这个世界里算什么呢？草芥？蝼蚁？也许连这都算不上，不过是粒尘埃，在苟且中求生。我心里一阵胡思乱想，忽然觉得嘴里啃的西瓜也没味了。他最理想的生活，就是能在县城谋一份生计。比如在工厂或超市当保安或保管员。如果真如他想象的那样，在那个时候，我会很安心的。

阳光下，花坛里百花开得花团锦簇，马路上过往车辆川流不息，熙熙攘攘，好一派盛世光景。

新居依山傍水，临街而立。其实，他真的不在乎这里的环境有多美。

所幸，每一天，他做着自己喜欢做的事，过着自己喜欢过的日子，而不受束缚，还算开心。人生苦短，岁月无情。苦，泛指人生过于短暂，应好好珍惜每一天，而不是日子过得有多苦。

那个下午，阳光正透过天窗落在他身后的白墙上，天窗玻璃上的灰尘被投射在墙面上，产生了斑驳美丽的光影。相对无语时，我想起了前儿日微信朋友圈里的一段话：做个内心阳光的人，不忧伤，不心急，坚强，向上，成为更好的自己。

是啊，你可以不需要别人的称赞，因为你知道自己有多么好。内心的强大，永远胜过外表的浮华。

时光在乡村邻里间随时传递，随一颗颗上善若水的心灵传递。走出去，前边又是一片蓝天，避开色彩的诱惑，让心灵唱歌，摆脱名利的枷锁，自然会舒适许多。

傍晚，这里凉爽的夏雨向我递来无数双温暖的手，它们紧握过故乡人的奔波，它们轻抚过曾经的苦难和纠葛，它们有些粗粝却在掌纹里埋下缕缕阳光。

那天，打开窗户说亮话，我对大黄说，你不妨做个微商，资金兄弟我可以帮助申请，你当个小老板，经营当地茶叶以及山货。

大黄脸上露出窃喜的神情。不像那些衣食无忧的人可以堂而皇之地憧憬，而他只能藏在心里偷偷摸摸期待。

短暂邂逅，已在他心里播下希望和憧憬。大黄憨憨地笑了。离开时，他在我车后备厢塞上了山货，满满的。在那一刻，我心里充满了一种甜蜜的忧伤。盼望他活得风生水起，踏踏实实。

天黑回到家，我用微信给大黄转去了五百元钱，说是山货钱。他没有点开接收，回复我，那是我的一点心意，你还是把钱留着吧。我坚持说，请你把钱收下。他再回复说，不许任性！咱俩谈钱伤感情！他怕我生气，随后，又给我发来了个笑脸。

我心头一热，只笑了笑，收起手机后，我斜靠在沙发上闭目养神，一时觉得人间万般柔情，尘世有千种滋味。

记得有人说大黄离开老屋已不合时宜，我没有理睬，始终相信让时光慢下来是一种智慧。如果能变着法倒退而又出彩，那么一颗吊着的心，不必再浮悬，恐慌，大可理所当然地告诉全世界：风景这边独好。

日子无须繁花似锦。简单就是快乐。在匆匆流逝的岁月里，我最大的幸福就是倒头即睡。偶尔遇到个难缠或扒拉不开的事，想想故乡的山山水水，花花草草，也就呼呼地进入梦乡了。

卷三
你·你的微笑

母亲送早餐过来，
看见我在梦中甜美地笑着，
眼角挂着一滴泪。

风从故乡来

小城四月，百花盛开的春天。

人生，能在春暖花开时，回归故里，也是一大快事啊。人生这趟旅途，"去向远方"是每个人生命中浪漫的冲动，也是每个人对抗孤独与现实的力量之源。路途中，在风景旖旎的西九华山的一个茶场，遇见两位姑娘弯着腰身欢快地在茶园忙碌着，我从后面随意用手机抓拍几张，分享到微信朋友圈。即使看不到她们绽开的笑靥，也能感觉当时她们兴奋且开怀的心情。最美的风景不在终点，而在路上，最好的岁月，不在于鲜衣怒马，而在于平淡日子里，有人愿意将温暖和善意赠予你。

那一天，我和友人云在古镇街头相遇了。久别重逢。云当年外出务工，经过多年的打拼，如今回乡创办两家企业，招聘了数百名村民当工人，扶贫扶到村民的心坎上。他反哺故里，爱心暖了村民心，受到家乡人的称赞。

人生最美好的就是，云遇到那么一个女子，虽然她知道他所有的缺点、不足，甚至错误，却仍然觉得他魅力四射。仿佛兮若轻云之蔽月，飘飘兮若流风之回雪。云对她流露出别样的情愫。我们经常说，一辈子会遇到这么两个人，一个惊艳了时光，一个温柔了岁月。每个人都有那么一个心结，一个人，走也走不出去，也许她曾经在你的青春里经过，留下了深刻的印记，在最美的年华，给了你最美的回忆，所以惊艳了时光。最后，因缘际会，两人最终离开了，然后各自寻觅到了另一半，纵然不是曾经最爱的那一个。

几番风风雨雨，眼前的那一位始终陪伴着云，不离不弃，云拉着她的手，心怀歉意，她依然深情款款，对云说，我愿意。恰是一江春水的温柔。刹那间，云感动了。日久生情，互相扶持，互相照顾，同甘苦共患难，平平谈谈又温暖心间，所以温柔了岁月。

听时光在歌唱。人生最需要的，是豁然开朗的境界。生命也需要我们静静聆听和欣赏。

开漳圣王陈元光的后裔，在守候家园。那是我生命的根，亲爱的故乡，君莫道草色遥看近却无。

云想衣裳花想容。我有我的依恋，在小城，在固始，在今夜，敞开心扉去欣赏生命中的每一处风景。纵使走遍世界，我的眼中只有对故乡的记忆。

豫南古镇多，沿史河边上的古镇更多，凭借史河航运和陆路交通优势，云集八方客商，在固始境内享有"一黎（黎集）二蒋（蒋集）三滩（郭陆滩）四往（往流）之说。我的故乡就在古镇郭陆滩。人们习惯择水圩而居，屋旁植树、竹，水中养鹅鸭、菱、藕。我们这儿，民风淳厚，乐善好客，逢嫁娶、生子、建房，爱请唱大鼓书、玩皮影戏，春节里喜好跑旱船、跑驴、走高跷，颇具一番景象。

置身于故乡，领略大自然那些清新和独特的美，心中泛起阵阵涟漪。小桥流水人家，碧树粉墙黛瓦。春的气息流动在乡村的广袤天地，翻腾在热闹而又祥和的庭院。

轻轻推开木门，进入村庄南头的老家，三间多么精巧的房子啊！在东厢房，阳光从屋顶上一块透明的瓦板里照射进来，四周的墙壁上布满了绿色的蔓藤，我进屋的时候它开出了几朵，又几朵淡紫色的小花。一张木板床上铺展着淡蓝色的花布床单，显得干干净净。屋子中间的小煤炉上温着一壶热水，边上还有一个小木桌，上面放着几本书，触摸那些书籍，可以感知它们散发的淡淡墨香……

曾把南方一座城市当作终生留守的故乡，却终究抵不过命运的冲刷，转了一圈又回来了，其间，遇到了一些人，又匆匆擦肩而过。几千个春夏秋冬好像一阵风吹过前世，安山西九华山的泉眼，汇成泉河与史河，在盛世与乱世交替中投奔滔滔淮河和滚滚长江……

友人云失约了。原先打算找他借 5000 元，在村子里举办一期关于"税收与美丽乡村"以及精准脱贫方面的竞赛活动。夜晚，我辞别另一位故交怅怅而归，新买的皮鞋在青石板上发出声音，咯吱咯吱的，声音越来越大，直到挤满了我所有的思绪和全部的灵魂。

回到东厢房，一个人斜躺在木板床上想着心事。手机音乐反复播放着"女子十二乐坊"演唱的声音，伴着这醉人的乐曲，我昏昏沉沉睡去，忽又醒来，见窗外挂着一弯银月亮，便深信云就是喝醉酒了也能看得清回来的路途。

次日清晨醒来，见屋里小木桌卷放着一叠崭新的人民币，展开它们，整整一万元，上面有兰花般的香气。我赶紧跑到西厢房看他的床，空空的，床头柜上放着一杯茶水，我端起这杯茶，里面还散发出热气。那一刻，我深切感受到云没有走远……

就是这些平凡的人和事，在带给我感动的同时，更让看到了人性的善良。

"半日闲，沐荷园熏风，怡然心情。小城千年古韵，望不尽日曛复月明。"风轻云淡的午后，或者月光清朗的晚上，喜欢在原野上散步，饱吸着花草的芬芳，想到"陌上花开缓缓归"或"阳春白日风在香"之类的句子，便容易闻到乡愁的味道，生出还乡的冲动。因为，花香，夜暖，故乡春色满园。想到这里，我释然一笑，心中常怀故乡，才能更好地守望故乡。

又一个乡村夜晚，我睡得很香。沉睡中，我做了个梦，风儿传递着春的气息，播撒着生的希望。在梦里，我乘着风儿回到春光烂漫的村庄，梦到了久违的童年时光。第二天，母亲送早餐过来，看见我在梦中甜美地笑着，眼角挂着一滴泪。

唇齿留香之间，便是浓浓乡愁。寻找着鸟鸣的清晨，我终于明白，故乡在心灵深处，魂牵梦萦，永远挥之不去，无论走到哪里，始终让你牵挂，踏遍千山万水，也走不出你的目光。

风从故乡来，吹响乡村振兴"集结号"。春光媚，邀请清风随。故乡处处涌动着春意，乡亲们的笑声溢满村庄的天空，这声音仿佛是一个村魂，在乡间回环，经久不息。

停留在故乡，慢慢地，学会从平淡的生活中发现快乐和惊喜，学会在平淡如水的日子里感受微幸福的甜美。故乡啊故乡，它散着芬芳，裹着多情的心，逐渐凝聚成一本厚厚的书，意蕴丰富动人，充满勃勃生机。只是，蓦然回首，我们想找的乡情和乡愁日渐贫瘠。无论什么时候，无论走到哪里，只要翻开这本厚重的大书，我们就会重温遥远的童年，那些人，那些事，那些不曾模糊的感动。

行云流水，且听风吟。这是我对故乡的另类解读。相信有一天，你也一定会来我的故乡。但要记得，是豫南之南的千年古镇郭陆滩。

我见故乡多妖媚

乡村，有时候可以简化为一粒种子，也可以简化为一叶风帆，种子落地生根就会发芽。风帆扬起，就是强大的生命动力。生机勃勃，花团锦簇，更让你心旷神怡，为之惊喜。

在和煦的轻风里，有谁能在四处芬芳的季节不为所动？想念故乡的时候，我的心就会变得很柔软。村里的老屋仍在夕阳中冒着炊烟吗？曾熟悉的乡邻依旧热情如故吗？……故乡的风貌，无时不在我心中萦绕。

在我的印象中，现代的城市，总是给人以冰冷和无情。在遥望中，那袅袅炊烟、那牛羊群、那鸡犬相闻的喧闹、那深深的庭院、那纯纯的家乡方言……这一切就像夕阳山上那抹即将消退的余晖。人们似乎已经找不到家园那种心灵的慰藉。在我心灵的角落里，乡村已经是我的迫切需要。我必须将它找回来，让美丽延伸下去。

闲暇，我又一次阅读了《人民日报》副刊大地版原主编徐怀谦的遗作《此心安处是吾乡》，我记住里面的一段话："老家，承载了我童年的梦。犹记夏夜乘凉时，躺在庭院里的草席上，看繁星满天，听知了鸣唱，长辈们叼着烟袋，火星明灭间，讲牛郎织女的故事，讲懒婆娘的故事，讲孤魂野鬼的故事。也许太有趣了，风也赶来偷听，蹑手蹑脚的，听了几耳朵便窃窃私语着离开了。老家，因了父母的存在，挽系住了一颗游子的心。"

这些文字朴实无华，读罢，感叹良多。我从中感悟到了一颗真诚善良的心。家乡，真是向上的力量啊！

家乡是什么？是生命最初的落脚地，是鞭炮的硝烟，是坟头的祭纸，是青葱碧绿的田野，是清澈见底的秋水……是你需要用一辈子来偿还的第一缕曙光。

家乡，心灵的故乡，每次凝望你，心中总有一阵暖暖地血液流淌。故乡，你常常触动心灵深处的那根弦。

有牵挂，常回家。在一个阳光轻柔的日子，我踏上回故乡的路。

行走在地处大别山深处豫南故乡的土地上，我感到格外亲切、熟悉。路边鲜花怒放，绿树成荫。我的耳边是轻柔的"乡风"。阳光洒下，把村庄装扮得美丽异常。

那些年，那些事，那些人……有些已经渐渐淡出记忆。当这一切又都被重新提起的时候，回忆往昔峥嵘岁月，我觉得不再是近乡情怯的心情了，而是近乡情更切了。

靠近小镇南头有个村庄，村子很小，从南到北像棋子一般错落着几十户人家。只有一条小街通往外面。早些年，村子里难得见几间砖瓦房子，其余大都是土坯房子。一条僻静的小巷，隔开了繁华的闹市，一座向南的庭院，显得格外清净。此处院落由红砖砌成带屋脊的五间老房子，这就是我的老家，也是母亲十月怀胎和一朝分娩我的地方。

门前有棵大槐树，已有年头了，粗壮高大；还有爬满青藤的篱笆墙，院里有个小花园，花开时节，一片花团锦簇；一条四米宽的小路从村子中心一穿而过。人们日出而作，日落而息，平静地走过四季。这些都是我生命的源头。

转眼间，我离开故乡已有数年了，对那里的一草一木还是充满着深厚的感情，尤其是村口那座明清时期的拱形古桥。记得幼时我偷家里的鸡蛋去和别人交换小人书，被一向严厉的父亲发现，我害怕挨揍，曾经躲在桥洞里过夜，害得亲人们好找。

古桥一直驻留在我内心深处，成为一道亮丽的风景线。听村里人说，前些年，因为拓宽道路，古桥已被填埋了。

故乡的老房子，它的一砖一瓦都编纂着历史的书册，它的一木一石都记载着物换星移的故事，它的每扇门窗都接纳着历史的风雨，它的每一段墙垣都深刻着时代的足痕。我的祖先怀着经年的梦想，凭着自己的双脚和双手，炙着烈阳，淋着风雨，用滴滴血汗甚至生命建成的老房子，百年来历经沧桑劫难却"风雨不动安如山"，庇佑了我的前辈和我的众多兄弟姐妹。

故乡一年四季分明，空气清新，美丽如画。一个典型的豫南小镇，古朴、安静，流水潺潺，让人心底泛起涟漪。人们总是以诗画去喻比乡村，"小桥、流水、人家"便是最诗化的理想境地。家乡的美就在于具备了这诗画的世界。在村子的东边，一条流淌的小河缓缓向北流去。河水清澈，波光粼粼。小河在我的记忆里似乎从来没有干涸过。岸边的杨柳倒垂在水里。一座宽宽的石桥镶嵌在小河之上。桥没有名，十分精致，像彩虹一样美丽。颇有"杨柳岸，晓风残月"之意境。

人的一生中，总会有一段特殊的记忆，深藏在心底，它像一首诗，像一支歌，像一幅画，令人难忘，令人眷恋，令人回味。

对于童年的记忆，冰心曾经在《繁星》里写过："童年啊，是梦中的真，是真中的梦，是回忆时含泪的微笑。"故乡给了我欢乐幸福的童年。在那年少不知愁滋味的年代，我们简单又无知地嬉戏。小时候，每到夏天是最热闹的，趁大人们午睡的空儿，我和小伙伴们偷偷溜到河边，光着身子欢快地跳进河里，自由自在地洗澡，或进行游泳比赛，或互相嬉戏玩耍，不时打水仗，泛起水花。

河滩上的老鸹（乌鸦）在树上构窝筑巢，星罗棋布，甚为壮观。有时，我们敏捷地像猴子一样爬上树掏鸟蛋。更多的时候，我们在麦秸和草垛间漫天飞舞的萤火虫。但我更盼望秋天的到来，不仅能吃到柿子、鸭梨、葡萄，还能用木棍敲打攀满树梢的红枣。这些都装满无声无息的岁月。

故乡是一首歌，唱给世间万物和自己的心灵。最喜欢的，还数老家充满人情味的乡邻。捧着饭碗和你家长里短能聊上半天的大婶，赶集归来给你捎带几斤新鲜猪肉的大叔，还有扑闪着大眼睛始终笑眯眯看着你的邻家小妹……乡亲们是那么善良、质朴，温暖的笑脸能让我忘却生活的烦恼。

在故乡人眼中，一个人如果没有学文化，就是睁眼瞎。所以，在我很小的时候，父母就把我送到镇上的小学读书。从那时开始，我从没有停止过从这个村庄离去。我已习惯了出发，习惯了离别，也习惯了再一次归来时，永远有父母双亲为我打开热气腾腾的家门，院子里有四季葳蕤的花草树木。

生活在农村，有喜也有悲，年轻人为了寻金觅银，飞往全国各地，一丝牵挂，赶不走，挥不去。时时萦绕心际，忍受着孤独与寂寞，经历着夏天的酷热，承受着冬季的寒栗。仰望天空，思索着岁月的足迹，有苦有甜，才是生活的真谛。

长大后，我外出求学，时光很缓，在十八岁那年参军来到济南军区某坦克部队，成为共和国一名士兵，再后来，退伍回乡，子承父业，穿上向往已久的蓝色税服，实现我的税收梦想。

匆忙的步履，深深印在收税的路上，军徽映照税徽，勤勤恳恳，清清爽爽，我心无旁骛。从此，税收成为我终身追求的事业。家国情怀，凝结在共和国税收上。任时光匆匆，始终初心不忘。

人生就像蒲公英，看似自由，却身不由己。每一个人最熟悉的地方莫过于故乡。大槐树，小池塘，错落有致的农舍，泥泞的小路，沟边喇叭花，王大妈门前的大黄狗，赵大婶家的花母鸡领着一群小鸡欢快地向林间跑去……乡村的情景时刻把我迷恋。生命里那些最初温暖过我们的人，渐次重现眼前。

小村尽头，远远走着一个人，他时而驻足观望，时而缓步前行，似乎被这里的美景给吸引住了。这个人就是我。

故乡是一首歌。抒发感情，是一切生灵的生命需求。有情，应该尽情唱向故乡。因为她，懂你、疼你、呵护你。

鸟雀不时从林中一飞而过，村庄变得遥远而亲近，树木摇曳仿佛触手可及。此时此景，我怎能不陡发诗性哟！我见故乡多妩媚，故乡见我当如是。一如青春少年时木格窗前的图画，投射在心弦的印影永远是故乡的青山绿水。

故乡魅力景象，繁花似锦，引无数游人竞相拍照。

天边的夕阳已成晚霞，袅袅炊烟缭绕在村庄每个屋顶的上空，凝成一片云香。炊烟是村庄的标志，炊烟是亲情，炊烟是温馨，炊烟是祥和的真实写照。

万家灯火，人意阑珊。置身其中，我的心醉了，情也醉了。

乡间观荷

风儿轻轻吹，掀起季节的一角，轻盈着四季更替的脚步，也摇曳出岁月深处的幽香。

这些年来，总有人问我最喜欢什么花，我的答案从未曾改变：荷花。因为，荷花的品性最能引起人的遐思，寄托人的情感。我喜欢踏露赏荷的意境，更喜欢荷"不蔓不枝，香远益清"的品格。

"接天莲叶无穷碧，映日荷花别样红"。用这样的诗句来描绘八月的豫南家乡非常贴切。

立秋之后，我途经家乡直奔荷塘。那天，绕过村庄，两边的杨树柳树枝叶繁茂，一派绿意婆娑的景象。空气中有丝丝缕缕荷花的甜馨，阵阵袭来，沁人心脾。

我迫不及待地奔向水边，一池碧荷就在我的眼前展开。荷塘中央，粉荷盈盈，翠叶欲滴，有几节白藕探出头露出水面，丰腴肥厚。塘水涟涟，一阵风飘来，顷刻吹皱了水面……

莹莹的荷花，或羞怯或热烈或在荷荫下向我窥视，像一张张少女粉红的脸。亭亭的荷叶，或舒展或卷曲或平铺在水面，像少女身上婀娜的裙袂。微风过处，花颤叶摇，整个水面就如一幅抖开的绿色绸缎，柔滑而清凉。阵阵荷香，溢满虔诚，丰盈了心灵之间的呢喃。

雨过天晴，阳光倾泻下来，在荷叶的尖上汇为一滴露珠，又滑进荷塘里。

远离城市的喧嚣，走进乡间，在触摸绿色的同时，与荷对话，与花轻语，与蜻蜓共舞。乡间的莲塘边，微风温柔轻抚，消除几多忧愁，我的思绪不自觉地就飘散开去，情不自禁想起孟浩然的"荷风送香气，竹露滴清响。欲取鸣琴弹，恨无知音赏"。见过多少青山绿水，这一刻还是超乎想象。我真想成为诗人，吟诗一首。

移步近前，只见圆圆的荷叶密密匝匝，高低错落地伫立着，用一片碧翠围衬着一朵朵或粉红或洁白的荷花，盛开的，自然大气，清新怡人；初绽的，亭亭玉立，难掩娇容；打朵的，才露尖尖角，正待蜻蜓来。如胭脂般的荷花，其颜色白中带粉，粉中带红，向世人展露最娇艳的色彩。

微风掠过，满塘的荷花左右摇曳，凌波仙子般曼妙轻舞，送来缕缕清香。碧绿的大叶盘上一滴滴晶莹透亮的小水珠珍珠似的滚来滚去，忽而东，忽而西，忽而又滚落进荷塘里，这一幕幕构成雨后怡人景象。

眼前的近千亩荷花竞相绽放，喜煞人。这里没有黛瓦粉墙，也没有飞檐水榭，可它一样穿着那身翠绿的裙衫，踏着时光的节拍如期而至。间或有三五个采莲的女子划一叶小舟穿过，丝毫不减它那一低头的温柔与摇曳的妩媚。荷叶上的水珠，折射出它那千回百转的心事，诉说那浓浓的乡愁。

我一直不明白，荷的芬芳从何而来。本是淤泥里的根茎，春夏之时钻出泥土，然后慢慢高出水面，按理说，不携带淤泥的腐臭已是难得，怎么却能香气四溢？难道是因为荷塘里水的洗涤，或是阳光的照耀，或是夏风的吹拂？

漫步乡间，荷花飘香，微风相送，沁人心脾。荷塘边，伸手采两只莲蓬，剥出莲子，去了青衣，轻轻一嚼，满口清甜，闭了眼便陶醉在无边的荷香里。脑海里不禁显现出幼时的场景，和小伙伴们像一条条小泥鳅钻进荷塘里洗澡、采菱角、打莲蓬，在阳光下晒得黑亮，迎着夏风奔跑……乡间观荷，欣赏到了生命的芳华，还挖掘出了岁月深处的温情。

蓦然回首，遇见梦里的采莲姑娘。回眸，凝眉，心里藏着如莲的心事。那一低头的温柔，最是生动绰约，微微一笑，惊艳了岁月。花瓣上逗留一只蜜蜂，荷叶上挺立一只蜻蜓，抓拍下来，就是一幅赏荷情趣图。

醉人荷花，多情莲蓬，一缕清香。再读《爱莲说》，让时光凝固在你微风轻扬的柔情里。菰蒲无边水茫茫，荷花夜开风露香。月色下的荷塘景致美极了。我意犹未尽地守着这一池塘荷，守着满池塘淡雅的韵致，将这眷眷的爱恋，将这一心的缱绻，融进这沁人心脾的荷塘。

青藤爬满篱笆墙，小院映着明月光，荷花映红好日子。

村庄吐露芬芳

杏花春雨，大别山下史河岸边豫南的一个千年古镇是我的故乡。

春回大地，天空一片蔚蓝，阳光纯净。太阳的光芒普照田野，大地明亮，它敞开母亲的温暖胸怀，迎接一切跃跃欲试的生命。蓬勃的生机在大地上汇聚，阳光温暖和煦，让珍藏了一个冬季的希望全部绽放。

转眼又是一年春。

草长莺飞，杂花生树，村庄已吐露芬芳。

站在一处山坡，眺望着流光溢彩的村庄，已是旧貌换新颜。

步履匆匆，记不得自己多少次回到故乡的村庄。脚下这片土地，也许正是因为铭刻了青春的足印、得到了汗水的浇灌，才成为最亲近的地方。

在豫南，在故乡，绵绵的春雨始终未见踪迹。我触摸村庄的沧桑，观赏远处的风景，倾听河水流淌。

伴随着清凉的微风，我袭进黑暗，那是夜的味道。夹杂着欲望，渐渐在黑夜中疯狂的生长。

纷纷扰扰的人间，有太多问题值得思考。一个人，我们认识多久，才可以说了解？一条路，我们走多远，才可以抵达生命的彼岸？那些怒放的鲜花与枯瑟的野草，是孤独的季节之旅，还是生死轮回的不离不弃？这个世界，经历多少风雨，我们才能领悟每一粒沙与上帝之心的距离？每天醒来，人世依旧扰攘。"东风离别去，念那往日情，春思不胜长。"这样的诗句情不自禁在心头滋长。

寥寥月淡独思量。在这个寂静的夜晚，凝望窗外，长长的夜，幽深而又绵长，似乎在低语着。只听见墙壁上的挂钟发出滴答的声音划过我那颗脆弱的心灵。

淡看帘前月，惯听玉露凝，云卷云舒且从容。今夜，我读懂了你。花开四季，你淡若晨风。人生像一首唱不完的歌，奏响着喜怒哀乐，月缺月圆，复始着岁月的行程，时光清瘦，褶皱了青葱的画卷，岁月渐老，却清晰了生命的轮廓。人生总会有磨难，要学会承受生活的考验。人生也会有不同的转变，要学会的是承担。四季的轮回流转，交替着繁华与落幕的变迁。

有位哲人说过：生活是痛苦的，但我们不能痛苦的活着，因为活着本身就是幸福。

岁月的脚步不停留，最大限度地张扬自己的生命活力。无悔的选择与生命同在，把忠诚大写在蓝天白云之上，用一腔热情去描绘未来，蓝色如歌的岁月充满期望，那里有纳税人信任的目光。那里有我心灵的写照，情感的凝固。

所有那些都是藏在"税"月里的旖旎风景。

时常感恩家乡这座小城，在这里，五颜六色、璀璨无比的霓虹装扮着我的梦想；在这里，有我追求不息的事业和价值所在；在这里，还有温暖我、感动我的人和事……

当生命作为有思想的形式存在，与生俱来的诸多元素像无数个谜，引发我们对世间万物的探索欲望。读书和写作，让我觉得人生有两大欢乐：一是拥有后细细的品味，二是追求之中倍感无比充实。带着生活烟火气的平凡人、平凡事，才是我所要倾诉的内容。窃以为，一个人物，一段故事，一篇短文，在动笔之时，我的内心是有所触动的。火热生活，家国情怀，从而促使自我心灵与众多心灵的沟通，自我人生与整个时代的共鸣。每一篇文字都是生命的呼应，是时间记录心路的痕迹。

往往夜深人静之时，我便开始写作，婉转温润，写心中汩汩流淌的歌，因为只有写作才能袒露我的内心世界，我的灵魂，抛弃世俗的纠缠，任性的把世界走遍，把人生状态刻画得淋漓尽致。我试图从这些复杂错综的生活琐事中，寻找一条通向光明的途径。时常将我耳闻目睹的生活阅历，逐一整理成文字，还原生活的本色，在不经意间的叙述中，体悟到一种苦涩与苍凉，世道在人心中流转。发掘平常生活之美，对文学的热爱跃然纸上，笔下的故事贴近时代，着眼于凡俗生活中忧乐哀苦的关怀，给人以美好的希望。偶尔有文字在报刊上"露脸"，这些都会带给我真正的享受，让生命飞翔起来。

寂静无人时，常常在思索这样一个问题，年少时为什么活得快乐无忧，随着年龄的增长，越活越觉得活得身心疲惫？同样的春夏秋冬，同一个四季轮回，为什么有的人活得诗情画意，有的人却觉得活得苦不堪言？其实，生活并没有什么改变，造成差异的是我们的心态。痛苦使人成长，对每个人都一样。

说起来挺奇怪，我心里萌生出了这样的念头。突然好想去乡下放牛，没有生活压力，没有爱恨情仇，没有江湖套路。一颗并不复杂的心，只关心我的牛还在不在，哈哈，只放一头就可以了，多了我也照顾不过来。牛吃草，我睡觉，这样挺好。没有痛苦和波澜的生活可能就是这样。

年轻的时候，连多愁善感都要渲染的惊天动地，长大后，却学会了，越痛，越不动声色；越苦，越保持沉默……现实中，一个人，每天都会面对变化波折和选择，这才是正常的生活。每一个人就是一处风景，不同的风景。正如四季，春天有春天的美丽，夏天有夏天的热情，秋天有秋天的收获，冬天有冬天的深沉。

是啊，生命需要我们有善于发现美的眼睛。

美好的事物搁浅在河流上，轻轻拍打着岸边。如此，生活何尝不是这样呢？四月的村庄，五彩斑斓的花，装点这美丽的春天。人在花中行，也在画里行，乱花渐欲迷人眼，浅草才能没马蹄，一树一树的繁花，慢慢舒展的蓓蕾，幽幽绽放的馨香，有了鸟的啼，蜂的闹，酥酥软软的暖风吹在脸上，岂能不让人沉醉？沉醉不知归路啊。

此时此刻，纵是万紫千红，满目璀璨，我的最爱还是朴实的油菜花。春天里最让我心仪的必是油菜花，没商量。

风景依旧，时光如初。在豫南乡村，油菜花其实很平常，家家培育，户户种植，不为开花，只为榨油，调和五味，滋养生命。于是，家家都要种上大片大片的油菜，一沐春风万顷黄，无边浩荡，热烈而深沉。每一份暖心都直达天边。

有雨飘落，雨淅淅沥沥下个不停，一如我的感激和思念。我爱村庄南头自家那农家小院，爱那一年四季溢满亲情故事的篱笆墙。

重温一条河流

一

我不是诗人，但我向往诗意的人生。庸长的日子里，我喜欢高山，喜欢流水。最让我难忘怀的，是我故乡一条名叫二道河的小河流。没有长江的波澜壮阔，没有黄河的气势磅礴，只有岁月激起的浪花朵朵，你是大别山深处的一条名不见经传但却欢快流淌的生命之河。

二道河，我来了。那儿有我牵挂的人——我所在的县税务局扶贫驻村工作队就在这边上的牌坊村。该村被列为全县重点扶贫村。那天，趁下乡搞税收宣传的空儿，驱车百余里，来看望我的 3 位扶贫驻村同事。

蓝天白云，远山巍峨起伏，随处可见山道两旁一簇一簇的花木丛，二道河就在花木丛中蜿蜒而过。

去往二道河方向的路大半是水泥路，越往前走路越宽，风景则越来越好。车子在山峰河谷之间穿行，错落山间的民居朴素安宁，篱笆墙上开满七彩的花朵，青黄的草坡上牛羊徜徉，白云缭绕在山脚，和屋顶上的炊烟一样近。

二道河因村庄前有两条无名小河蜿蜒流过终归一处而得名。你不仅是一处地名，同时还是一条河流的名字。虽不很诗意，但也令人心生向往。

从豫南小镇方集一路往南，沿着山路盘旋而上。前方山岩突兀一块巨石。岩石上的皱褶，突然生长出一丛映山红，尽管长在坚硬的石头缝隙中，只要有一阵山风吹来，它便会花香四溢。

踩着遍地芳草流云的气息，仿佛去赴一场生命深处的千年之约。

清风许许，花香阵阵，正是好季节啊。静立二道河岸，重温一条河流，我淡泊的心境竟然长出深深的思念……

二道河在血脉深处漫流。

风雪弥漫的大别山，又一次战斗打响。战斗打得非常激烈，敌众我寡，红军将士们在一个个倒下，鲜血染红天边的夕阳，化作人间七彩虹……

花开花落岁月长，从你我指尖流过。

遥想当年，地处大别山深处的二道河、许店、牌坊、白果冲等村庄"扩红"，这里不知有多少个农家子弟，怀着对共产主义的无限憧憬，主动投身于轰轰烈烈的革命洪流之中，踊跃报名参加工农红军。众所周知，豫南固始县第一个苏维埃政权诞生在武庙锁口村。而固始县最早的一个苏维埃党小组之一就诞生在方集二道河村。

静立在这里，人们可以更深刻的理解"星星之火，可以燎原"的含义。早在 1927 年，二道河人民群众就举行过农民革命暴动，后来大多数人加入了红四方面军和红二十五军的行列。他们前赴后继、浴血战斗，转战南北，其中绝大多人就再也没有把家还……他们年轻的生命没有能够见证胜利时刻的到来，也没有享受到他们理想中美好家园的幸福，却留给了我们这些后来者丰厚的遗产。

蓝蓝的白云天，悠悠水边流。

我寻寻觅觅。一条开满映山红的山间小径，藏在密密麻麻的灌木丛里若隐若现。

河两岸绿树成荫，花草吐芳。二道河，你就是以这样丰厚的典藏和精神的光芒，给人以追忆、启迪和力量。缓缓流淌的河水，给人一种远离尘嚣之感。在时光深处，你流淌着往日时光的印迹款款而来，我走进你温暖的怀抱，弯下腰身，虔诚地用双手掬一冽你的乳汁，喝一口顿觉心旷神怡。

二道河，你既为河流，必然日夜流淌不止，奔流向前。那惊心，那感动，都融进细雨清风中。

二

山风吹来，带着甜甜的滋味，湿润、温暖、舒爽。

匆匆那年，回头不见。二道河给我带来一抹乡愁。这是一片红色的土地，我独自踏破寂静。作为大别山的儿女，我在寻找心中的英雄，那是我血脉的源头，还有我那军装褴褛的前辈。用杜鹃啼血的故事喂养我，你的泪与血就流进我的脉管。

当年无人矫情，当年无人惜命。前辈们打下的江山，处处都是我们祭奠他们的墓园。

笑问英雄在何处？风吹过，杜鹃花开得殷红如血。

一条有着好听名字的河流，是流不走这些斑驳的记忆。在这里，曾经走出了一对共和国将军父子——父亲是参加过长征的开国少将余克勤，儿子是曾任广东省军区副司令员的余鲁生少将。

我总喜欢在门框上悬一个风铃，每当风吹起时，带起的丁零声，总能拨动我的心弦。

走近二道河的那一刻，心情是多么愉悦，我的双脚踏实又安定。

想念，是一种情感。在风中，在时光里，我更想念一个名字。

有信仰的人是幸福的。听当地的人们这么说你——

1930 年左右，你的部队被编为国民革命军第二十二路军，派往豫南潢川围剿大别山区的红军。在军阀混战的战场上几乎战无不胜、攻无不克的你在剿共战场上却接连失利，吃过几次败仗之后，你乔装商人潜入鄂豫皖苏区商城县东部的苏仙石、四顾墩和固始南部方集的二道河、许店等地。这里的苏区讲究官民平等，军民一致，因而得到人民群众的广泛拥护。多日的苏区生活使你认识到只有共产党才能救中国的道理，你的思想觉悟迅速提高，后来加入了中国共产党，最终成为一代抗日名将。

在这里，请让我们记住你的名字：吉鸿昌。

想念一阕感动，想念一曲忠诚。他们的名字熠熠生辉，如经天行地的星辰，在共和国的上空璀璨闪耀，永远载入史册，受人景仰。

人生如一条河流，无数的记忆成了河底的鹅卵石，随便拾起一颗投入水中，便会激起圈圈波澜。

每一个人都有一段传奇的故事，一段令人心颤的记忆。

在村口的后山坡，有几棵白果树，不显高大，但却郁郁葱葱，有一种亲切的味道。有三个年轻女人在树荫下谈笑。我们把车停好，走了过去。她们得知来意后告诉我们，这些白果树，据说是当年红军战士离开时栽下的。八十多年前，从大别山走出的红四方面军、红二十五军，与无数地方汇聚而来的红军一起，踏上漫漫征程，几经波折，进行了艰苦卓绝的长征，这是一个震撼世界的艰难征程，山高路远，风餐露宿，爬雪山过草地，历经千辛万苦，走完万里征途，终于迎来了六盘山下的红旗漫卷、收获三军会师的笑逐颜开。

岁月深处，这些白果树经历了无数风霜雪雨，在当地村民的精心保护下，枝繁叶茂，苍翠挺拔，毅然屹立在天地间。至今仍给人们留下无尽的情思。为什么白果树不枯萎？我想一定是二道河欢畅的河水滋润它们，才让它们生生不息。抚摸这些树，感觉像亲人一样，是那样亲切，仿佛也有体温、也有灵性，时时温暖着我们的心灵。

乡亲们给人一种亲切的感觉，心底满是春风般的温暖。

太阳快下山了，时间不早了，同事小王催促我离开，因为前方还有很多山路要爬。他的心性像山里人一样淳朴。我依然在白果树前伫立，不舍离去。我在细细端详，树杈间又绽放的新枝绿叶。我知道，不论是腥风血雨，白色恐怖，艰难困苦的日子，还是驱散迷雾，阳光明媚，鲜花开放的季节，这片红土地上的乡亲，总会来这里呵护、守望这些白果树。从它们身上，凝望信仰的璀璨，力量的苍郁，意志的坚挺，梦想的金黄和氤氲不息的生命蓬勃。

流淌不尽的二道河水，淘尽了千古风流人物；绵绵大别山，留下了几多英雄故事。红军和先烈们的故事不仅镌刻在矗立的石头上，也深深地镶嵌在了我的脑海里——在告别了血腥风雨、走出了困惑迷茫的今天，人们往往容易低估革命的残酷、探索的艰辛，容易忽视昂然挺首的英勇、改天换地的奇崛，唯有常常感受历史呼吸、每每体会先辈渴望，我们才会理解并认识到自己所肩负的历史使命与时代责任。

一种相思，两行热泪。饮水思源、不忘初心，为了不能忘却的纪念，更是为了美好灿烂的明天。

行走间，手机铃声清脆地响起，远方的朋友打来电话，他问我在干什么。我大声对朋友说，我们在山里，这里有条河，叫二道河，清澈倒映两岸花，迷醉彩蝶水中落。

二道河，走近你，我们又一次轻轻地倾诉，把你深情歌唱。

三

二道河，一条来自大别山的河流，你一路唱着歌欢快向前流淌。由此，我想起这里的人们有句口头禅：二道河的甲长。怎么来着？那就是"管得宽"。用此形容你的宽广和绵长。

我深情地凝望，山中岁月长。我款款俯下身子，捧起一把白果树扎根的红色泥土，感到有一股温热沁入手心。我的心在激烈地跳荡，它要飞出胸膛，穿越岁月的时空，重新越过万水千山，去寻找红军留下的脚印。

我问身边的司机小马，你的家在哪里？他很响亮说出三个字：二道河。

对二道河的向往，让我把更多的目光投向你。

二道河，你在中华民族5000年历史长河中，也许微不足道，但却离我们那么近又那么远。来到这里，用碧蓝的晴空，用温润的河水，用山色的碧翠，用血色的黄昏，洗去我们心中的浮躁。听水，水有声；听山，山有色。你诱惑着我，让我久久不肯离去。我的心成了一叶扁舟，在你水郯郯的怀抱里游弋。

有时候，河流是一种生命，是一种信仰，是有灵性的，能让心灵获得宁静和洗礼。喧嚣的现实生活，人是脆弱的，在心情浮躁、情绪低落的时候，不妨静坐河边，聆听潺潺的流水，心事定会漂远，重新恢复平静。每当我心情烦闷的时候，就会选择这样做，效果挺好的。说来挺怪，凝望流去的河水，我苦闷烦躁的心绪渐归平静。不知你是否和我一样感同身受。

芳草斜阳。喧嚣的尘世，只要我们有一双善于发现美的眼睛，勇于挑战生活的决心，成功就会离我们越来越近。人生多喧嚣，二道河对我来说，存入的是温暖的情感岁月，而释放的却是一种强劲的正能量。

司机小马采来一束映山红，递过来，冷不防对我冒了一句："热爱文学的人总能让人感到亲切。"我还未回答，同事小王快言快语，竖起大拇指，对小马说："我们同意你的看法。"

说心里话，作为曾经的一名军人，我该感到幸运。

这些年，一路走来，从部队到地方，从乡村到县城，从军人到税官，从税官到作家……征税之余，潜心写作，展开想象的翅膀，在文学天地里不停求索，虽未写出波澜壮阔的精品佳作，不过，身为文学爱好者，有一点我可以确保，那就是我在写作时的那份虔诚与认真。下笔时，我的文字便有了虔诚之态，因为那里有我的思想情绪，还有我的苦乐年华。

文学是有诗意和担当的，对生活、对生命、对故乡、对大自然的热爱，驱使我未能放下手中笨拙的笔，不停地倾诉自己的心情。所以说，文学是我的精神家园，还是照亮生命的精神支撑。

匍匐在这里，二道河让我生出膜拜之心。如果不写出一些关于你的故事，否则，不能不说是我的一种遗憾。

大别山水，梦里故乡。夕阳西下，落日染红山峦。

我们累了，渴了，随脚拐进山边一处老旧的院落，有声音从屋里传来："小伙子们，快进屋，喝杯今年新茶呀。"原来是一位须发皆白的老者，年龄已逾古稀之年。这位鹤发童颜的老人，似乎见着每一个来这里的人都是笑意盈盈的。我们立即感到亲切和温暖。

他家的摆设虽陈旧简单，但很整洁有序，布设得很朴素也很温馨。堂屋墙壁上方挂有一幅画像，画像人物是一位青春稍显稚气的红军战士。他热情地让我们坐下，然后忙着给我们端茶倒水。

喝着热气腾腾清香宜人的毛尖茶，我们有说不出的爽快，有一种如沐春风的感觉。大伙儿围坐在一起聆听老人诉说他的家事。他告诉我们，家里只剩下他和老伴生活，子女们早已成家，儿子响应"大众创业、万众创新"的号召，在南方开办公司，女儿女婿在省城工作，老伴前几天去县城帮助儿媳照看小孙子去了。

当过兵的我快人快语，问画像上的红军战士是谁。老人没有立即回答我，他有些惊奇地看着我，眼神里带着迷茫，还有一丝隐隐的悲伤。这是他的隐私，无须告诉他人。当时我颇有些不理解，甚至有些尴尬，但后来想想，倒觉得自己冒昧。凭直觉，我感觉藏在他内心深处的故事一定不简单。他站起身拿起一块干净的抹布轻拂着墙上的画像。

说实在的，画像已经很干净了，可用一尘不染来形容。从他虔诚而又小心翼翼的擦拭动作来看，我们知道了答案，那一定是他的亲人。

看着老人平静的目光，一如红尘中的过往，他在整理，在归纳，在遗忘……舍弃不必要的需求，还自己一片纯净的天空，我们也许都可以体会到那份悠远和宁静。这是一帧令人心生敬意的画像，更是一处美丽的风景，永远定格在了人们的记忆中。

我却感到些许隐忧，若是生活的触角无意间触碰到老人心中最柔软的"禁区"，他能从容应对吗？

茶香袅袅中，我知道一个幸福的老人，一位红军的后裔，永远是简单而知足的。

他是山乡的守望者。温一壶月光下酒，开始与山村的叙事。莫使金樽空对月，我们把酒言欢，就着美酒的醇香和月光的柔情，渐渐陶醉在"记住乡愁"的情绪里，慢慢咀嚼那些渐行渐远的陈旧时光，以及我们曾经悲伤和欢乐的心情。

院子外有叫嚷声，有人送来映山红。我惊喜地看到老人面带微笑走了出去。

看见他笑了，我也会心地笑了。在二道河，在这里，悠享慢生活的方式，释放着一种生命独有的暖意。其实我也不知道最近怎么了，二道河动人的故事总会让我心潮澎湃。

春光里，在记忆追寻你，走出那么远，还牵着我的心。就像做梦一样，不知道何时开头，也不知道怎样结尾，梦醒后只依稀记得一些支离破碎的片断。

如果说，在这之前，二道河，你在我心中只是一条河流，真正了解了你就坚定了我的信念追求。

你是我血脉里奔腾不息的一条生命之流。

当我恍然大悟时，这里的过往，让我的泪水在眼眶打转。二道河，你也是如此吧！我不知道你的源头在哪里，最终又流归何方。或许，在人们看来，这些都似乎无关紧要了。时光匆匆，一切事物已渐渐远去，重温你的故事，生命自当奔流不息，奔腾向前，生生世世……

走近二道河，我不会失望，感念这份相遇。

有你就温暖

流年，岁月，阳光，温暖。

夜深月光寒，你伫立窗前。

搔首低眉无处语，春心一曲向谁弹。

眉梢眼角藏灵气，佳人绵绵婷立。花儿在灿烂地微笑，天高云淡。粗缯大布裹生涯，腹有诗书气自华。沐浴尘世的风雨，我的脚步轻缓。

一抹微笑，几许腼腆。你是一个至灵至善的女子，袅袅心音屈指弹。那一年，你飘然而至，出现在我面前，明媚的眸子，飘逸的衣衫，美轮美奂。我心动了，仿佛一眼万年。

时光如河水奔流不息，日夜流淌。你是个来自豫南的女子，身材高挑，乌黑的披肩长发，五官轮廓立体，一双有灵气的眼睛惹人爱怜。带上芬芳的心愿，让心灵高贵、雅致、甜美呈现。一路走来，明月弄影，清风非烟，你剑胆琴心，让我万般迷恋。

灵气在心，拨动我的心弦。每一段旅程，都有每一个烙印。你的万缕千丝，是否已被风儿吹乱？每一段时间，都有每一段的精彩。灵性，是你生命中的亮点。每一段灵气，都有每一段故事，不怕岁月侵蚀，也无妨旁人打问年龄。匆匆岁月，匆匆那年，相遇是缘。

宠辱不惊，都化为飞鸿一瞥，鸟儿在快乐地欢叫，心情比蜜儿甜。好一个痴情万缕的贤淑女子，我深情把你眺望，思念无边。世界这么大，我还是遇见你，想当年，清新亮丽的画面，薄而透的云烟。在那一瞬间，感叹相见恨晚。日升日落，时光不急也不慢。琴瑟和鸣心难离，醉了彼此心田。心中有爱，处处是春天。心若浮尘，浅笑安然。人生路上，愿你笑声响彻云端。

时光荏苒，你用真情浇开生命之花，草色微黄红叶卷。天涯望不穿，但愿一切过往都停留在最美的时光里，不会是过往云烟。从此，我们心儿相连，笑声惊破南飞雁。

面对川流不息的滚滚红尘，你是否会停下匆忙的脚步，用我三生烟火，换你一世迷离。渐渐地，我看见你眉头舒展。花儿在手掌里跳舞，多么让人迷恋。为你绽放生活的美好，还有我的期盼。岁月深处，总有一种情愫无法用语言表达情缘。

命运会厚待善良的人，行走人世间，时刻思念你，让世间万物律动起来，袅袅婷婷的伴着我们的人生清欢。

生命的村庄错落成岁月的印记，一抹淡淡温柔的笑，展开你的笑脸，让我沉醉在你深情的目光里。千回百转，续写我对你的眷恋。

人累了，就休息；心累了，就淡然。花开四季，你是否淡若晨风，人生像一首歌，永远唱不完。时光清瘦，褶皱了青葱岁月的画卷。

岁月渐老，却清晰了生命的轮廓，宛如一首歌，那是人生片段，平平淡淡。不经意间，你总会有一种空灵的感觉，忆君心似史河水，缓缓东流淮河无歇时，生命的意义，就在于展露迷人的笑颜。

时序至此，夜色阑珊。你的世界，很美，很静，也很甜。飘洒的思绪里，有你还有我，情丝无限。微笑着收藏岁月那一份馨香，多么的怡人，多么的温暖。

月儿高悬，心儿翩跹。我心里在守候着那一份永恒之约。生命中曾经拥有的所有灿烂，终究都需要用书香来补偿，难道说佳人善变。生命之笔，为你而抒情，懂你悲欢，知你冷暖。浅浅的碎语，缀满无尽的思念。你报以羞赧的微笑，我在梦里缠绵。和夜一起去倾听，星星点点。乱花渐欲迷人眼，和你一起回忆当初那些幸福时光，但求无愧君心，人在旅途，相看两不厌。

美好的事物，如此装扮，才能让人时刻依恋。

岁月长河，守护是最好的陪伴。昨夜真的有风啊，在这转眼就忘记的世上，它吹散了太多的思念。愿你岁月无波澜，敬你余生不遗憾。徘徊在青山绿水间，我的脚步放轻，你的呼吸变暖。

长夜漫漫，细雨漫过河岸，岁月过往，你是我的人生风景线。今生今世，朝夕相伴。我看见，你手中的玫瑰花瓣，开得是那么的鲜艳，你可知那里写满我的心愿。在我的生命里，有你就有温暖。梦想是生命的书签，写满人生的悲欢，趁青春还在，趋年华依然。

岭上又见映山红

岭上开遍的映山红尽情绽放。我淡泊的内心时时生发出一种强烈的感受，可能是厌倦了城市的雾霾，觉得这里的天空蓝得更显高远，河水静得更显温柔，树木绿得更显活力，花草艳得更显妖媚。正是由于多个小煤矿的关停和矿山地质灾害的治理，以及发展万亩生态油茶园，这里的人们注重人文和自然环境的营造和发展，全力推进美丽乡村建设。

那一年映山红绽放的季节，驻村扶贫工作队来到了地处大别山深处二道河边上的牌坊村。该村位于固始县方集镇南部山区，石槽河西岸，距镇中心社区12公里，离县城约有60公里。有7个村民组，21个自然村，全村329户，1369人。总劳动力680人，长年外出务工450人。全村总面积8平方公里，有耕地850亩，山地8750亩，农作物主要有水稻、油菜、花生、芝麻、红薯等，经济林有板栗、油茶、桐籽等，但发展水平较低，属于国家级重点贫困村。

从喧嚣城市到广阔农村，我的三位同事在此安营扎寨下来，他们牢固树立"精准识别、精准扶持、精准管理"的理念，挂图作战，抓扶贫，按照"因户施策、一户一法"精准扶贫工作思路，用沉下身子的态度，用走村串户的脚步，把根深扎在群众中间，全心全意为群众增收致富着想。

久旱盼甘霖，对于下乡扶贫的"上面的人"，群众充满期待。

一次又一次走进山里人家，摸清了当时该村贫困家庭和人口的基本情况，摸清了个人脱贫意愿，找到了该村贫困原因和脱贫致富发展潜力，为精准脱贫打下基础。

阳光牵动每一片云彩。"你们工作队来后,村里的路灯安了,文化广场建好了,农家书屋也排满了图书。"一位老大娘感慨道。"早该这样了!"我的同事笑着说。听到这里,我转身打量我的同事们,只见他们黑了、瘦了。一瞬间,我明白一个道理,无论干什么事,都要对得起自己的本性,对得起自己的良心。只因心中有爱,酸甜苦辣算什么。

缘于工作原因,我们经常身着蓝色制服、肩佩税徽,有时频频登报纸、上电视,进入人们的视野。与我们相比,三位驻村队员在这里驻村帮扶就显得有些落寞。他们为了能与老百姓打成一片,只好收藏起心爱的税服,穿上或胖或瘦的便装,有时候,忙起来,甚至不分白天晚上,在山间小道上跋涉着、忙碌着,很少被外界知晓与关注,但是他们仿佛就像春天落在大地上的草籽,寂静生长,随风绽放,于无声中渲染出一片绚烂的春色。

映山红,那是生命的色彩!不管寒冬多么漫长,不管严寒多么冷酷,不管风雪多么无情,只待春风绿山冈,火红火红的映山红,就会毫不犹豫地争相怒放。

我的眼前浮现出这样一幕情景:崎岖的山路,他们的脚步奔波不停,春风里,炎日下……农家小院,田间地头,油茶园里,一路走来,听民声访民情,带领村民在奔向小康路上昂首前进……驻村工作队给村民带来了新发展理念,引进了电商超市、开办了农民夜市,村容村貌有了很大的变化,村民可以就近就业,收入稳定了,生活改善了,很多贫困户还学到了很多实用技能。

久困于穷,冀以小康。早年间贫穷落后的豫南山乡,似乎只留在人们的回忆里。瞧着眼前的一切可喜变化,这可不是闭着眼睛卖布——瞎扯。在人们眼前,呈现出一派五彩缤纷的美丽风景图。可喜的是,固始在2019年3月已退出贫困县序列,牌坊村也随即脱贫摘帽。

我也是一名帮扶责任人,在牌坊村联系帮扶贫困户3户12人,有老有少,有男有女,每周都要进村入户帮扶走访。那一天,我又一次来到帮扶村。不时有村民从村边经过,远远的,有一对村民夫妇朝我走来。男人忙着向我热情打招呼,女人在旁边笑得舒眉展眼。村民的生活就像鸭舍旁的竹子,节节高。

从乡亲们嘴角漾出的笑意,我觉得扶贫驻村是件非常骄傲的事情,成就感一定在他们内心油然而生。

暮春时节，满目翠绿，一派生机益然。

远处的山岚把山装饰得像沐浴的少女，羞涩而妩媚。秀丽的山水风光，以及山崖间斑斑点点让人猜不透的摇曳的花朵震撼着我。

新冠肺炎疫情过去，我在这个地方行走，站在山坡，目光远望，四处青山满目，一派静美，山间的花草散发出醉人的清香。

有好消息传来，听说位于二道河上游的白果冲水库复建项目已指日可待。这不仅解决独山堰灌区和梅山南干渠水源不足问题，把汛期洪水调蓄为资源水，还是固始向中等城市发展的重要补充水源，更将满足城区数十万群众的饮用水的需求发挥极大的作用。这是真真切切的民生工程啊！何不是全县人民期盼的大事、喜事？

从税收的角度来看，如果该项目得以实施，也就为我们税务部门增加了新的税源。

看着村里的环境变了、乡村美了、村民的生活好了，我们的心里是格外的甜……终于过上了好日子，乡亲们个个喜上眉梢。

我看见驻村扶贫工作队的队员们开心地笑了。

岭上又见映山红，把春天装扮得花枝招展，给人们信心，给人间希望，给我们注入蓬勃向上的力量。我一时迷失在散发清新气息的山野里。起伏的山峦，秀丽的风景，万亩茶海……让人不禁感叹大自然对于这方热土的慷慨与眷顾。

风儿清，水长流，相思在心头。那些在风中摇曳的映山红，有着明亮的眼眸，虔诚的凡心，匍匐在我的文字里……我心中充满期盼，一种情愫在心间荡漾。

你的微笑，我的热泪

桃李谢了又开，风中摇曳的花香写满了想念。想念，是一种情感。时光匆匆，在微风轻扬中，我更想念一个名字。

这世上，有一种想念，淡淡的，却暖在心间，远远的，却唯美着时光。想念一阕感动，想念一曲忠诚。你的名字熠熠生辉，如经天行地的星辰，在豫南的天空璀璨闪耀，永远载入史册，受人景仰。

人生如一条河流，无数的记忆成了河底的鹅卵石，随便拾起一颗投入水中，便会激起圈圈波澜。

每一个人都有一段传奇的故事，一段令人心颤的记忆。

一种相思，两行热泪。岭上又见映山红遍，给我们注入蓬勃向上的力量。我一时迷失在散发清新气息的山野里。起伏的山峦，秀丽的风景，万亩茶海……时常情不自禁感叹大自然对于这方热土的慷慨与眷顾。

蔚蓝的天空点缀着朵朵白云，缕缕清风轻轻撩拨待放的苞蕾，和煦的风用唇色点燃姹紫嫣红。依稀往梦似曾见，心内波澜现。盼归莫把心揉碎。时光剪影，念念不忘。你仿佛对我说，可以悲伤，但不要失望；你仿佛告诉我，可以流泪，但更要坚强。

岁月如歌，因为这是心里流淌的歌，歌里珍藏着一个故事，一个梦想，一段岁月，一个大爱，一段情感。我多想借多情的雨弹一曲高山流水，多想看你三尺讲台，一生奉献……在浓浓夏日里，踏遍青山，我把你仰望，灿烂地生动整个季节。天地间绽放数不清的花儿。

往日时光里，在记忆追寻你，走出那么远，还牵着我的心。

月亮是写在夜幕上的诗，月色是夜之韵致。夜空浮游着几朵不肯回家的云，它时而遮掩了月亮，时而又把月亮裸露出来，给小城信阳的夜平添几分神秘。

夜空繁星点点，月儿在云朵里时隐时现。

你的音容笑貌、温柔的目光，仿佛就在眼前，时时震撼着我们，激励着我们，指引着我们。新时代东风浩荡，蓝图已经绘就，我辈自当传承先烈根植于血脉中的红色基因，依靠埋头实干托举复兴梦想，通过不懈奋斗把蓝图变为现实，创造属于新时代的光辉业绩，以此来告慰你及先烈英魂！

风儿清，水长流，浓浓相思在心头。我心中充满期盼，一种情愫在心间荡漾。大别山水，梦里故乡。我见青山多妩媚，在生命极尽绚烂、最后那一刻来临之时，你没有忘记信仰，更没有忘却对教育事业的信心。

鸟语，花香。伸手触摸你的温暖，触摸缠绕于指尖的温柔，闻见你的芬芳，也许数年过后，依旧生出诗意的葱茏。天空花雨浪漫，岁月变迁，时光流逝，爱依然寂寞花开，情依然独自妖娆，想忘何曾忘？你的家人虽然一想起你就很难受，心情很难过，但也很欣慰，国家没有忘记你，社会上的很多人没有忘记你。

夕阳西下，落日染红山峦。

掩映在岁月深处的往事，怎能忘记？现实是喧嚣的，沉实的，往事值得回忆。曾经当过兵的我，以军人特有的姿势把你深情仰望。是啊，所有人都在仰望。你明眸里深凝信仰的光芒。因为你从未离开我们。

走近你，就走进了那个灿烂的季节，探寻时代的脉动……大美信阳，你是入选2018年7月"中国好人榜"名单的乡村最美女教师，点燃人生的光芒，明亮的眼睛，告诉我纯情的向往，还有书写生命的意义……

日落霞飞。轻轻把往事抚摸，太多的遗憾和缅怀，刹那间——显现又无法割舍，每当夜晚，我会站立风中，仰望星空，和岁月一起沉默。

仰望你，那一刻，我的心是激动的，血是沸腾的。我把切切的思念，还有对故乡的眷恋，寄托星光的弗远。望穿的岁月啊，是你告诉我前进的方向。

你不幸殉职后，人民日报、中央广播电视总台、光明日报等全国各大主流媒体和网络平台都在传播你的故事。全国亿万网友纷纷留言，赞扬你的奉献精神和崇高品德。

特别是河南日报刊发关于你的长篇报告文学《岭上开遍哟，映山红》，再现你生命中的出彩瞬间，更是感动万千读者。

一个人，感动一座城。

莎士比亚说：善良的心地，就是黄金。

念念不忘，必有回响，你的善良，就是你的福报。

生如夏花之绚烂，死若秋叶之静美！在你逝去的那些日子里，我被一种深深的寂寥感染着，几乎让泪水落下。

滴在唇角的雨，微苦，哪里还有甜。恨不得把雷电和风雨化成彩虹和诗篇。

夜深深，嘈杂、喧闹的人声中飘出一曲经典老歌，是高胜美演唱的《追梦人》：让青春吹动了你的长发，让它牵引你的梦，不知不觉这城市的历史已记取了你的笑容，红红心中蓝蓝的天是个生命的开始……

歌声悠扬，在风中打着旋儿……

夜凉如水，虫声唧唧，远处灯火明暗。闲敲文字，一字一句，斟酌成心念里的刹那芳华，在夜色里衍生成流沙。心若向阳，何惧黑夜。成长路上的百般波折，终会化成惊喜的回馈。因为你依然在我们身边。没有悲伤和迷茫，我们内心充实而温暖。歌声悠扬，是谁把心事吟唱？摇曳在天空的思念，大别山水诉说情缘，那一滴滴淡香，顷刻间在我心上，如浪花飞溅。

在我们心里，满目山河不比你容颜。

那一天，你比岭上盛开的映山红还灿烂。凝望，留不住的乡愁。你浅浅的微笑，泪水打湿我的双眸……

大别含翠，长淮有情。你走了，但你的精神已化作丰碑，隐入青山，已凝作雨露，汇入江河；你绽放的芳华，将如同璀璨的百花，不凋不败……正像你的微信名"繁星点点"一样，聚是一团火、散是满天星的大别山儿女在红色基因的浸润感染下，大别山精神代代传，奉献和忘我的无私无畏，已经融入了老区人的血脉。你那大别山儿女的精神气质漫洒人间，你绽放的芳华也将璀璨永世。

你的女儿说，直到现在，她还舍不得删掉妈妈的手机号，有时想你了，她就会给你发微信："妈妈，女儿想你了。"晚上回到家的时候，她就把你以前发给她的语音信息播放一遍，听听你的声音，就感觉你还在女儿身边一样。

用花开的姿势站成一道风景，用花落的姿态书写人世沧桑。人生亦是一种美丽。人在旅途，感恩所有的相遇。所有的过往，都是岁月的一种恩赐。只要绽放过，美丽过，今生你就无悔。往事如风情如烟，你的微笑，我的热泪……

优秀的人都很努力，我们都是追梦人。

2019年3月6日上午，出席十三届全国人大二次会议的河南代表团举行联组会议，并向中外媒体开放。境内外69家媒体140余名记者到场采访，共同聚焦出彩中原。在回答人民日报记者关于如何争做新时代出彩河南人的提问时，河南代表团团长王国生说，"今天的河南，有讲不完的出彩故事。"他又一次提到了你。

有信仰的人是幸福的。在这里，请让我们庄重地记住你的名字：李芳。

两相忘，已不知相逢。永远牢记你啊——全国优秀教师、河南省优秀教师、信阳市优秀教师，每一项荣誉都见证着一位人民教师高尚的情操；河南省优秀共产党员、信阳市优秀共产党员，每一级称号都铭刻着一名共产党员不朽的芳华……你用自己的生命，竖立起一座不朽的丰碑，再次让浸润着红色基因的大别山精神传唱大江南北……

风轻盈，花无语。时光在心间划下博爱的浅痕，酿造出甘醇的酒。一切事物已渐渐远去，绣一行相思几寸，燃尽生命的完整，别时蜡炬成灰生死两茫茫。

一生芳华。重温你的故事，更加坚定一个执着的信念。你从未离去，穿透岁月之美……

卷四

温·温柔以待

把心放轻，

人生就是一朵自在的云。

明明心里难受，

还要装着很开心的样子。

风景过处

若有才华藏于心，岁月定不负佳人。在纷繁芜杂的网络时代，读书写作渐渐地显现出那份沉淀于纸墨文字中的安静之美的可贵。我徜徉其间，心不再喧嚣，人不再浮躁，如品一杯香醇甘饴的茶，宁静、惬意。夜深人静之时，独居一隅，在奇妙的文字世界里任意遨游，或赞扬或贬斥、或讴歌、或鞭挞、或抒情、或言志，让自己想说的、愿说的、不得不说的话在笔尖喷涌而出，让心灵从中得到宣泄与放松，让智慧从中得到磨砺与升华，让情感从中得到荡涤与慰藉。虽然艰辛和寂寞、惆怅和失意，然而，我终未放弃，因为文学早已融入了我的心灵，成了我生命中不可或缺的部分。当和风款款起舞，当繁花再叙细语，蓦然回首才发现，文学让我深深依恋着。关掉手机，我闭上眼睛，把世界抛在身后，让阳光照进心里。顷刻间，岁月的枝丫上已芬芳点点，心香一瓣，乘着梦想的翅膀，飞向诗和远方。

"沾衣欲湿杏花雨，吹面不寒杨柳风"。文学对于我来说，就像是一次次休闲的出游，让思想踏踏青，让心情放放松。犹如起伏的人生，处在低谷的时候依然可以望见蓝天白云。

文学点燃我的梦想和希望。阅读成了我一生的习惯。我上学时即偏科，平生所愿就是想当一名作家。志向不小，心比天高。经不住文学的诱惑，渐渐迷上了文学，迷上了写作。文学的魅力绝不亚于心灵的碰撞，它记录人生的欢乐和痛苦，抒发人生的感慨和志向，无论是高歌还是悲泣，都是为了显示对人生的一种真挚追求。文学充分张扬我的个性，得意时不张狂，失意时不沮丧。这也许是我追求的目标，在文字里边尽情释放真实的自己。

文学像一位风情万种的少女，令人向往。在文学的道路上，我不敢有丝毫的懈怠，一直孜孜以求。对于写作，我觉得自己的灵感不多，经常痛苦于词汇的青黄不接，往往哽咽在一句似是而非的遣词造句里，却迟迟找不到打动心灵的词汇，使思路停滞不前，一些只开了个头的文章便夭折在我的固执情绪中。透过波澜壮阔的税海，透过现实浸润的人生，我听到自己血液里依然澎湃着对文学的痴迷。一种情结，一种感悟，一种喟叹，一种希冀，都是我为之击节咏叹的主题。我相信文学创作是一种创造，一种信仰，一种追求，是切入人生的一个角度。同时，我又认为，文学创作是一种生活享受，它不仅可以感受人生的浪漫，也可以忘记工作生活中的烦恼。即便饱尝枝寒叶瘦，转过头，仍然可以拥抱春暖花开。

唯美的文字，能净化每一个人的心灵；哀怨缠绵的文字，能使人充满忧伤与惆怅；充满鼓励性的话语，更能引起人的共鸣与奋发……但是我最欣赏的是文学之美。文学并非无源之水、无本之木，而是一种根深叶茂、源远流长的人类生命创造和智慧表达的方式。它与人类生活和精神文化的其他方式，诸如艺术、宗教、风俗、制度，以及家常日用，衣食住行，生老病死，喜怒哀乐，甚至连喝酒、做梦等等，都息息相关。离开这些日常生活和精神文化的所谓文学，是单薄的、萎缩的、没有滋味和没有生命力的。怎能忘记啊，每当我写作陷入迷茫时，我就站在家乡村口的大槐树前，透过暮春的天空，仰望摇曳的树枝，依稀能听到远古的回响……

烛窗心影。文字虽然这辈子无法成为我的谋生手段，但它注定是我一生魂牵梦绕挥之不去的精神源泉啊。我相信了文学的力量，觉得文学可以声情并茂可以千年不朽。当初把文学想得很神圣，甚至想成为作家的伟大梦想一直激励着我奋勇前行。鄂北孝昌花园某坦克乘员训练团、鲁中淄博周村某红军师、豫西平顶山郏县某坦克团……一座座绿色的军营留下我青春的足迹。铁打的营盘，流水的兵。脱下军装换上税服，从部队到地方，一路走来，一路芬芳，放下的依旧没有放下，该遗弃的还在重蹈覆辙。几番风雨，几番挣扎，几多无奈，几多苦恼……我本应及时醒悟，却依旧痴情不改。曾几何时，不经意间总有文章在报刊上发表，或稚嫩或朴实或激扬，惹得朋友们投来怪怪的眼神，仿佛说你一个堂堂七尺男儿共和国税官，还有如此闲情逸致、舞文弄墨？时间循环往复，生活日复一日。文学是我的激情与梦想，喜欢自己粗疏的文字，也许明天，也许许多年，回头再看看最初发表的文章，心里会有一种暖暖的感觉。

静寂的家园，矮墙环围，柴扉紧闭，红杏盛开……这些都是文学之美。心有多宽，路就能走多远。东晋陶渊明的《归去来兮辞》：归去来兮，田园将芜胡不归！既自以心为形役，奚惆怅而独悲？悟已往之不谏，知来者可追；实迷途其未远，觉今是而昨非。那些隽永的文字让我痴迷，日复一日地萦怀于心。

满眼烟云，氤氲出万千气象。岁月长河，有些爱，只能止于唇齿，掩于岁月。生活，倘若失去了文学，就像庙宇没有了晨钟暮鼓，鱼儿没有了河水，白云没有了天空。文学是我心灵的"自留地"，我愿用毕生的精力去耕耘。顾准先生对待人生的态度是"以无生的觉悟，做有生的事业；以悲观的心情，过乐观的生活。"我坚信，希望总在不远处招手。

春天暖心，文学有爱。基层税务工作千头万绪，文学是我缓解工作压力的"减压阀"和"营养餐"。文学能够带你了解这个世界，改变你的精神气质，还原生命里那些纷繁驳杂。无论是出于什么缘由阅读与写作，文学最终都会让我们的生活变得更加有情有趣。

文学伴我"撑杆跳高"，像我这样的读者，能走进文学的殿堂，幸运地成为一名中国作家协会会员，是故乡的山水以及税人税事让我的文学人生翩翩起舞，也是我青涩岁月的见证。

岁月冉冉，步履匆匆。70年的记忆，70年的荣光，那是怎样的磅礴之势？咆哮奔腾的热血，贯通了华夏的大地。多少个日起日落，多少次风卷云舒，所有经历，深深埋进记忆里，无数憧憬，冲刷出沟河纵横……我愿和你高歌一曲《我和我的祖国》，步履铿锵，与共和国同行，走在出彩路上，愿用华彩描绘新时代的春天，人间万物蓬勃兴起。春风大雅能容物，秋水文章不染尘。我们遇到了一个好时代，现代化的信息网络服务和高速高质的交通运输给了我们一种超然自得的底气。追求希望，是一种美好的愿景。那一日，站在西九华山上，遥望远方的城市和乡村，在庸常的日子里抠出片刻时光，经营一个文学梦，于我而言，又何尝不是一种人生的幸遇呢？人生不易，生活不易，且行且珍惜。或许是文学带来的福分，我在此后人生之旅生中，沐浴着和煦阳光，从一名退伍军人渐渐成长为一名税务分局局长。

岁月啊，不喧哗，自有声。草木蔓发，春山可望。税苑花香满径，山中岁月长。从税这些年来，我的人生是匆忙的。匆忙得几乎无法停下脚步，仿佛觉得有许多许多事情在等着我。说来挺怪，我心底里默默挂牵的，却依然是文学。在我心中，人生最美的风景，都比不过文学。文章发表越多，我就越自信。有时特别看重存在感，如果隔一段时间不在朋友圈里晒晒自己的文章和照片，就对不起强烈的表现欲。

认为一天不读书写作，我觉得就好比天上风筝断了线。曾经邂逅一位同样爱好写作的女子，她的执着和才情，如一束早晨的霞光，映在心窗上，给了我无限想象的空间。而那些曾经写满温暖的遇见与重逢，慢慢在记忆里尘封，渐渐凝聚成清风明月里的一抹感动。

大清早，文友给送来几株杜鹃花，一股清香扑面而来，让人心驰神往。如今，每当自己稚嫩的文章在报刊上"露脸"，总有别样的情怀涌上我的心头。

今生与文学结缘，期盼把生活过成诗，请记住，一生很长，切莫慌张。那些不成熟的文字以及永远脱离不了的税务情结，不就是属于自己的锦绣文章吗？风景过处，心花怒放，这些才是真正要抵达的诗与远方。

时光匆匆流转，一个转身，光阴已成了故事，一次回眸，岁月便成了风景……

摇曳生姿

盛夏的豫南，气氛热烈而张扬，满目绿色，到处充满了热度。

掀开季节浸满花香的扉页，生命葱茏，草木郁郁，百花盛开，空气中弥漫着草木花香浓郁醉人的气息。季节的轮回一如既往，单调中周而复始。一些生命却如盛开的鲜花，不管以何种姿态出现，都是那么鲜活动人。一日，几位战友前来小聚，我们谈了很多关于人生的话题。

凝眸故乡，与小村美丽的相遇。你说，人生，是一泓清流。在流淌的岁月中，艰难复杂的生活经历是一种磨砺，更是终生享受不尽的财富。我相信，尘世间的一切都有缘分。人生有两种境界，一种是痛而不言，另一种是笑而不语。

孔子曰：朝闻道，夕死可矣。在风雨人生的漫漫长途中，有太多的东西需要学习。一个人自呱呱坠地的那一刻起，就必须懂得生存的方式、处世之道……凡事都要有始有终。我们相谈甚欢。有位战友讲过一个故事：从前，有两个商人过河，他们环顾四周连个船影也没见着，忽然一阵大风吹来，下起了暴雨，随着河水暴涨漫到了岸上，两人躲闪不及被水给冲到河里去了。他们都携带着贵重的行李。河水继续涨着，他们在水里不停地挣扎着、翻滚着、呼叫着……想河岸附近的人会来救他们，但无济于事，因为这里人烟稀少。他俩在大水中沉沉浮浮，渐渐有些绝望了。这时，岸边刚好有个老大娘路过，他们急忙求救。老大娘在周围寻找着可以救生的东西，遗憾的是什么也没能找到，眼看着他俩快被大水吞噬时，她冲着他们大喊："孩子们，快点将你们身上那些行李丢掉，快啊！"其中一人听罢，毫不犹豫地丢掉行李，顿时觉得身子轻松，浮了上来，他朝岸边游去，而另一个人却犹豫不决，无论如何也不想舍弃怀里抱着的贵重行李……雨大风疾，就这样，岸边的人眼睁睁地看着他在水里挣扎渐渐地被大水吞噬……这则故事最终确凿地告诉我们，要懂得卸下不必要的行李，与自己的生命进行赛跑。其实，人生中最难也最需要战胜的是自我。

大多数是一个人在奔跑。人生最要紧的，不是你站在什么位置，而是看你朝什么方向走。唐朝大诗人李白曾经说过：人生若波澜，世路有屈曲。人生好比一条曲曲折折的道路，有时风光明媚，有时崎岖惊险。生活中的点点滴滴若毫无选择性地牢牢记着，会给人生又多添加了一件又一件的东西，压得使人透不过气来……你如果懂得割舍不必要的东西，你的生活一定会充满欢声笑语，日子过得轻松自在。

看得见风景的村庄让我迷恋。人生如戏，主角是你，看客也是你。一个人要想过得轻松自在，就要懂得提得起放得下。这样才能燃烧着自己的生命激情。越是伟大的事业，越能挑战人们的思维，我们不能因为需要面对复杂的困难和打击而选择放弃，最重要的是不能让自己把自己击倒，否则从现实达到梦想的状态就太容易了。人生不如意之事十有八九，就看你自己怎样去面对，人生的冷暖取决于心灵的温度。经一事长一智，一步一个脚印，人的一生是不可能永远平坦的，正因为有坎坷，才能学到很多为人处世的道理。俗话说，外表的强大不是真正的强大，内心强大才是真正的。谨慎不可胆怯，谦卑不可卑微，男儿当自强。

无论如何，有希望就好。一旦没了希望，生命就失去了价值。所以说，得之不喜，失之不忧，这也是人生的一种境界。经历了人生的风风雨雨让我们领悟了很多人生的真理，体会到怎么去面对人生。前几日，在一本杂志上看到一段感悟人生的文字，记了下来，想与朋友们一起去分享，即人生三不斗：不与君子斗名，不与小人斗利，不与天地斗巧；人生三不争：不与上级争锋，不与同级争宠，不与下级争功；人生三修炼：看得透想得开，拿得起放得下，立得正行得直；人生三省：得失之省，利害之省，进退之省。

我踏浪而来。人生如旅行，有峰巅也有底谷。人生旅途有多么的美妙，里程中有多少行李需要携带，但太多的行李总会把人压得喘不过气来。因此，我们需要经常清点自己的人生。人生好比是一棵树，注定要历经风风雨雨。相信这棵树与我们大家是息息相通的，温暖与抚慰、争艳与斗奇、关怀与呵护……在同样的天空下孕育生长，步步向上，静静茁壮。一片片张开的叶片，就像我们一只只睁大的眼睛。人生犹如航行，只有张开理想之帆，生命的航船才不致搁浅；人生犹如一幅画卷，每一次的哭泣或欢笑，每一次的成功与失败，都是多彩的涂料，用不同的颜色不同的画笔将它画得多姿多彩，让人生更加美丽壮观。有人说，人生要像小溪追求江河那样，一路欢声笑语；人生要像江河追求大海那样，一路翩翩起舞，后浪追赶前浪。也有人说，人生就像一面镜子，映出了生活的种种；人生就像一首歌，唱出了人们的心声；人生就像一杯茶，不会苦一辈子，但总会苦一阵子……人生不是游戏，而是智慧和汗水的结晶。与人为善，与事为明，日子过得风轻云淡。日出喷薄，日落灿烂。为人处世坦坦荡荡，事业上不倦追求，生活上豁达大度，仕途上宠辱不惊。

人的生命是短暂的，但生命的意义是深远的。前些时日，有位战友突然像哲人一样问我：远方有多远？我费力想了一会儿，还是回答不出来，只好惭愧摇头一笑。回家的路上，收到这位战友发来的手机微信：从生到死有多远？呼吸之间。从迷到悟有多远？一念之间。从爱到恨有多远？无常之间。从古到今有多远？谈笑之间。从你到我有多远？善解之间。从心到心有多远？天地之间。我立即回复了一个笑脸。

在故乡，静嗅草根下的氤氲书香。总有一种事物与你的心相通，总有一种事物可以承载你的情怀。

时光荏苒，我对军营总有一段割舍不掉的情缘。那日，我静静地伫立在大别山深处的一个地方，心思不定。曾是高墙大院，繁星点点，掩盖人间彩色。有一点可以肯定，这里曾经是一处军营，一处机密的军事重地。曾几何时，宝刀闪亮，长剑出鞘，壮士横戈，英雄出手。时光流逝，这里并不遥远，战士们就在眼前，军歌嘹亮，战车隆隆，部队的集合号让从军报国的青春男儿慷慨奋起热血沸腾。人们没有遗忘那座废弃的军营。在漫长的年代里，那营区，那营房，那水塔，固然只是轮廓，但毕竟我在这里度过今生难忘的三年军旅岁月，这里曾经留下过我和战友们的泪水和欢笑。那些场景已经埋进了记忆里。到如今，只能于深夜里叹一口气，在寂寥的天地间升腾起一声沉重的叹息。

离别时，我的眼光真的有几分不舍。

向生活充满敬意。你说，人生是多么的无常啊。一路走来，不停地调整岗位，转换角色，始终坚持不忘初心，保持军人的本色，退伍不褪色，军徽照耀税徽。回望走过的岁月，令人欣慰。收税之余，勤于笔耕，甘于寂寞，远离喧嚣和浮躁，以一颗从容、沉静之心，沉思生活，为时代放歌，为心灵书写，赢得大家的点赞。如此，人生才会多彩多姿。

故乡；盈满我童年的记忆。夜深深，如碎了一地的月光，装点着我的一帘幽梦。繁星点点，我站在一棵大槐树下。闻着古槐散发出的清香，眺望着那幽远的天空，连绵、起伏不断的群山轮廓似乎近在眼前，一种好久不曾有过的和谐与宁静立即布满周围，心中陡然就有一种既熟悉又陌生的生命颤动。

远处天际，一颗明亮的星星正眨着眼睛，我深呼吸了一下，一股清新、沁人的花香直达我的肺腑。多么渴望大别山水的温婉秀美能让心灵沉静下来，生命初始的地方能让我境界飞升摆脱俗事缠绕。

有风吹过的地方，花儿在风中舞动。依心而行，无憾今生。一瞬间，生命的花朵，开始在枝头摇曳生姿，散发着浓郁的醉人的气息，让我在生命的喧嚣声中，依旧可以寻求到心灵的慰藉和安稳。那些过往的流年，磕磕绊绊如过往云烟，总会留下光彩照人的一幕。

正步向前

有一种情怀永远不能变，那就是军旅情怀。

军旗飘扬，转眼又将迎来"八一"，今年是中国人民解放军建军 92 周年华诞。当地政府送来了渴望已久的"光荣之家"牌子，悬挂之前，我伸手轻轻抚摸，心情万分激动，热血沸腾。此时此刻，勾起了我对当年在部队生活、训练情景的回忆……那里面承载着太多的光荣梦想和希冀。

风在吹，云在飘。

那一年，怀揣儿时的梦想，穿上绿色的军装，当青春撞上军营，必定要擦出成长的火花。

起床，洗脸，吃饭，集合，排队上操场。稍息，立正，昂首挺胸，报告班长。向右看齐，不要把头低……

新兵连到底有多苦，只有当过兵的人知道。

"苦不苦，想想长征二万五；累不累，想想革命老前辈！"这句在军营盛行的经典句子，道出了战友们以苦为乐的情怀。想起班长他们这些老兵，常年扎根山沟军营，默默奉献青春，我们这些刚入伍的新兵有啥资格谈苦和累呀。

想开了，便是云开雾散。

新兵连的那段时光，我快乐如飞。

老兵们常说,军旅生涯最难忘的几个时刻是入营、授衔、下连、立功、卸衔、离别。

"迎军旗,奏军歌!"那一日终于来到,部队大礼堂内端庄肃穆。

军歌浩荡,军旗飘扬,新兵授衔仪式正式开始。

我们期盼已久。这一刻,神圣庄严;今日起,使命更坚。上午9时许,授衔仪式在雄壮的《中国人民解放军军歌》声中拉开帷幕。

部队长、政委等首长都先期到来。

新兵营营长宣布授衔命令,授予我们这批300余名新兵列兵军衔,新兵连连长、排长、班长分别为我们新兵佩戴上"一道杠"列兵军衔和领花。新兵们个个戎装焕发、斗志昂扬,一张张朝气蓬勃的面庞,一双双炯炯坚毅的眼睛,笔挺的新式军装夏常服在神圣的军歌中愈发光彩照人,鲜艳的军旗在朝阳的映射下更加熠熠生辉。

"我是中国人民解放军军人,我宣誓……"面对军旗,我们豪情满怀,紧握右拳,心潮澎湃,嘹亮的军人誓词在礼堂内回响,我们正在破茧成蝶,完成向一名合格军人的蜕变。

自入伍以来,我们学会了叠被子、学会了走队列、经历了五大军事技能磨炼、提升了体能素质,所有的汗水与泪水化作破茧的动力,铿锵的誓词是这场"成人礼"的最好见证。经过两个月的摸爬滚打,训练场上,我们顶着烈日、冒着雨淋、忘记站军姿时手脚的麻木、忘记战术训练场身上淤青、忘记三千米长跑时腿脚的酸软,一次次的超越极限,苦练军事本领。

我们在拼搏与坚持中,渐渐的磨砺自己的血性,锤炼自己的意志。梦想最终得到了实现。当佩戴上这光荣的列兵军衔时,它不仅仅是份荣耀,从此刻起就意味着我们肩负起的保卫祖国重担,就要担当起强军兴国的责任和光荣使命,开辟新的军旅征程。

是啊,新兵训练这些日子,磨平了我们棱角和脾气,克服了我们胆怯和软弱,骨子里镶上了军人勇敢和正直。我们褪却稚嫩,新兵连的岁月将我们的脸庞雕刻得更加坚毅!

因为从现在起，我们有了一个新的名字——列兵！

在这神圣的一刻，值得一生铭记，我忍不住流下激动的泪水。

新兵们誓言还在耳畔回响。我幸运地被选为新兵代表发言。

"尊敬的首长、亲爱的战友们：大家好！我很荣幸能够站在这里，首先，请允许我代表我们这批新兵发言……"我收腹挺胸，两腿并立，以标准的军姿站立，面对战友们，声音洪亮，开始信心满满地诉说。

军衔是军人身份的象征，意味着我们完成了由一名地方青年到一名正式军人的转变，意味着我们真正成为了一名光荣的中国人民解放军战士。这一神圣时刻也必将被记录在我们的军旅史册上。

这是荣光、是决心书，也是献身使命共同的心声。

记得授衔头一天，吃过午饭后，新兵连长让班长通知我，说我口齿伶俐，文笔又好，上级通过全方面考察，决定让我代表新兵们在授衔宣誓大会上发言。这还是我人生头一次面对这么多的人，说实话，我当时心里如十五个吊桶打水——七上八下，整个一下午心神不定、忐忑不安。"小李子，千万别害怕、别紧张，我相信你能行。"班长走到我面前轻声对我说。看着班长信任的目光，我已经没用退路了，只好硬着头皮向前冲了。

"加油，你是最棒的！"新战友们纷纷走过来鼓励我。连长查岗，来到我们新兵一班，临走时，他让我好好准备一下，并说要当一名合格的军人，就要服从命令，听从指挥。

……我字正腔圆、饱含深情的发言获得满堂彩，战友们掌声如雷，经久不息。

整齐划一的队列里，挺拔的军姿、嘹亮的口号、坚毅的眼神，无不显示出我们作为一名军人的荣誉和自豪。这份荣耀来之不易。在戴上军衔的那一瞬间，许多新战友激动的流下了眼泪……

授衔仪式结束了，我带着满满的感动和自豪，笑得像花儿一样灿烂，向班长请个假，激动地跑到驻地照相馆赶紧去照相，抓住精彩瞬间，拍了几张彩色照片，照片冲洗出来后，我喜滋滋地从连部文书那儿拿来一沓印有部队代号的专用信封，然后盖上"义务兵免费信件"的邮戳，马不停蹄的当天寄出，迫不及待的想将这份喜悦分享给父母、亲人和同学们。多有意义啊。

从新兵到列兵，短短一个字，其中的身份转变与职责改变是要为之奋斗数载的，此时此刻起，合格军人的标准便在我们心中树立。

呵呵，咱现在可是真正的军人啦！两个月前的我们，青涩而稚嫩，懵懂而迷茫，我们怀揣着从军报国之志，给青春"理个发"。

青春音符在演兵场上闪光。朝气蓬勃。佩戴列兵军衔的我们就像春田中嫩芽，正在茁壮成长，一切才刚刚开始。

在营区的小道上，迎面碰上班长，他向我跷起了大拇指。

望着班长盈盈的笑脸，我的心是暖暖的。

"我是一个兵，来自老百姓……"满含深情的歌声响起来了，歌声飘扬在部队营区上空。一种撼天动地的情怀震撼着每个战友的心，也拨动着我的心弦。

火热的军营，是孕育英雄的沃土，也是产生英雄的摇篮。

从师史馆出来，我挺骄傲自豪的，因为我入伍的这个地处中原腹地某步兵师，有个响彻军史的英雄连队——"杨根思连"。

杨根思在抗美援朝中牺牲，是中国人民志愿军第一位特等功臣和特级战斗英雄，以他名字命名的连队诞生在中国人民争取民族独立和解放的年代，同时这是中国人民解放军第一个以英雄名字命名的连队。

杨根思被评为"新中国成立以来百名感动中国人物"。他生前说过三句话：不相信有完不成的任务！不相信有克服不了的困难！不相信战胜不了的敌人！

至今，他的这三句话也被称为人民军队的英雄宣言。

这是离英雄最近的连队。

回到宿舍，班务会还未开始，班长和班里9名新兵正在聊天。见到我，他们把目光投向我，那目光同样充满期待和羡慕。瞬间，我内心充满自豪与骄傲。

那个晚上，我睡不着觉。英雄这个字眼儿像无数朵浪花在心头撞击。我一次次感悟着英雄的含义。英雄是什么？我觉得它没有一个固定的形象和标准，但它一定有一种让我们血脉偾张的气概，让我们心潮澎湃，激情满怀。

冷的边关热的血，军人的使命是奉献。再见，抑或再也不见，你都是我铭刻在心的英雄！

淅淅沥沥的雨下个不停，那是个多雨的季节，挥一挥手，让草木连绵，落红成冢。

我的故乡在大别山老区豫南固始县。那一年春，未满18岁的我应征入伍来到千里之外的济南军区第20集团军某部，军人登记表籍贯一栏，工工整整地写着"河南固始"四个字。

"八一"军旗迎风展，青春有梦云飞扬。岁月回望，军旅生涯虽然没有厚重的光彩，但那时我们年华正茂，天真，活泼，稚气未脱，对美好的未来充满了憧憬。我们是军营男子汉，成长的路上，总是会付出代价的，因为它的过程总是艰辛的，没有谁的人生会是一帆风顺。成长的背后，有多少隐忍的泪水，我们已经不去计较，青春岁月，教会我们的每一个故事中，我们都是故事的主人。

曾几何时，在高原、在大漠、在边疆、在远洋，在一个个看不见的地方，都有迷彩的身影。军人选择孤独、舍弃，是因为他们先选择了忠诚、担当！以身许国终无悔，这，就是中国军人的模样！

"乘风好去，长空万里，直下看山河。"人生经过军旅生涯，生命中便有了绿色的年轮，与时代共鸣，发出自己的声音，锦绣大地生机盎然。江山多娇啊，在喜迎"壮丽70年·奋斗新时代"的日子里，我们在改革激流中谱写时代壮歌。

每当"八一"建军节来临之际，我便情不自禁、一遍又一遍地唱响那首熟悉的军旅歌曲："我是一个兵，来自老百姓……"

歌声在耳畔久久回荡，我眼里已噙满泪花。

醉里挑灯看剑，梦回吹角连营。多年后，我脱下军装换上税服，骨子里透着硬气，依然是个兵。

岁月长河，蓦然回首，若还有暖意融融的情怀，便是时光赠予葱茏的绿色，以及萦绕在我心中的税务蓝，始终保持冲锋的姿态，不畏浮云遮望眼，绿水青山绕家园。

诚如一位军旅作家所说，正步向前，风光无限……

终将远去

许多人生美好的记忆，便凝聚在我的心中。

人生多喧嚣，我总想给自己找一个安静的地方，在自己的小屋里让疲惫的心灵小憩，把那些人生的故事转换成文字，写在纸上，然后哼一首老歌，唱旧时的快乐。

那一日，应友人相约，又一次来到固始之南的西九华山。进入景区，举目四望，一派苍翠、遍山皆绿，让人心旷神怡。当然，这是大自然恩赐固始的一笔财富。一代又一代的固始人，显然是长久地对大自然怀有敬畏之心，这才让西九华山"养在深闺人未识"。进入新时期以后，人们开始从长期的贫困生活中挺起身来，旅游这种在富裕社会才会有的生活方式，逐渐在各地普及，有着丰富旅游资源的西九华山，会不会乘机大肆开发、大赚钱财呢？这一次，我在留梦河谷内行走，左顾右盼，开发的痕迹随处可见，但似乎又都还控制在"适度"这个范畴之内。我不禁慨叹：在自自然然的山上长满了自自然然的树，还有一条条清流自自然然地吟唱着。沿着崎岖的山路漫步，直到把自己也融进满山青翠之中。在林木间的树桩上小憩，物我两忘于动人的松涛声里。掬一握山涧的清泉，把积存于身上和心上的滚滚红尘涤荡净尽。在山、水、林、木、花、茶中陶醉，感恩之情，油然而生。

山中雨后初晴，空气格外清新。午后无风，我斜靠在山间竹林的一条长椅上，翻看一本随身携带的《三国演义》，拨开历史的雾霭，置身于现实的喧嚣之外，穿越时空，仿佛与刘备、关羽、张飞、诸葛亮等闪耀历史天空的名士将相们一次隆重的聚会。

透过林间厚实的树叶，阳光将炽热缓缓植入我全身的骨骼之中，那是一汩汩静谧而真实可感的暖流在涌动。

岁月匆匆，所有的悲伤早已风消云散，所有的痛苦也因我遭遇车祸后身体的快速恢复而显得不足为道。曾几何时，我病情的变化牵动着家人和朋友的心弦，而如今，所有的伤痛，所有的不愉快，所有的一切……终将远去！无论当时是那么的曲折多变，无论当时是那么的令人心碎，无论当时是那么的不可一世，病痛终究会有它的终点，喜也好，苦也罢，当一切都结束时，剩下的只有记忆，留在岁月里渐渐远去。就好比，你收拢了满地的落叶，那可不是秋天的初衷，你也无法重新抵达。

雨滴在房前屋后纵情跳跃，花草树木在风雨的挟持下犹如醉汉般摇摇晃晃，风声、雨声、流水声叠加混响成了大自然的交响乐。人啊，往往在最脆弱的时候最矫情。那天，我躲在书房里泡了一杯茶，一边品茶，一边拿出"全家福"相册，细细品味……只见一位长发飘飘、眉清目秀的女子春风满面地依偎着穿税服的我，幸福甜蜜扑面而来。流年似水，波澜不惊，唯一骄傲的就是找到一位心仪的姑娘成了我的妻子。世界这么大，我还是遇见她。这些年风风雨雨，我迷茫过、失意过、甚至绝望过，她都一直默默支持我，鼓励我，不离不弃，一如月光下的高原，一抹淡淡温柔的笑，让我沉醉在她深情的目光里。

时光如流水不息。在悠长而又短暂的生命中，我们终将有一天会走到生命的尽头。我们又何尝不应该珍惜每一天呢。终将明白，总有一种情愫无法用言语来表达。心中有爱，处处是春天。君不见，季节的轮回中，纵使千里冰封，凝固了江河流水，也封不住它日夜兼程的脚步。面对川流不息的滚滚红尘，你是否会停下匆忙的脚步？内心走过万水千山，心事被崎岖的山峰或妩媚的水岸打磨成薄薄的书签，悄悄夹在昨日的书页。

生活凌厉，内心向暖。是谁在轻声呢喃？在这寂寥的夜里，连星光也黯淡。有些事，过去了很久，有时偶尔想起来，依然温暖而美妙。又有朋友生病住院了，是慢性病发作，他在电话里支吾了半天，才向我表明要借3000元急用。

我知道他平时挺爱面子，不去问明原因，就爽快答应了，说等一会给送过去。他说不用了，他的上中学的儿子就站在我的家门口。原来他借钱不是用来治病的，而是为儿子交择校费啊。让孩子能读上教学质量好一点的学校，这是每位家长的期盼。生活如此难，怎么过？一笑而过。活在当下，享受当下。如果迷失、如果彷徨、如果纠结、如果郁闷……那么，请你统统放下吧。如是我闻，这个世界就变得绚丽多姿、芬芳多彩。

人生聚散，一切随缘，相逢离别，顺其自然。何不选一个晴朗天回到乡下的老家，那是心灵休憩的地方。人生之路，曲折漫长，或林间小路，鸟语花香，轻松快乐；或山路崎岖，披荆斩棘，满负伤痕。快乐或者痛苦，早已被滚滚河流吞噬，封锁在陈年的箱箧里。蓦然回首，往事就像秋风不经意间吹开那泛黄的书页，哗啦啦的响声如此清晰，本以为忘却的人和事早已深深镌刻在心底，原来从未离去。时光流转，故乡已改变了容颜，不见当初的模样，过去的就不再怀念，还有曾经的伤痛。记忆终归会像岁月一样消失，文字比记忆更可靠，心灵比记忆更深远，希望我的这些文字，带给你以美好的记忆。

我知道北风只是过客，而你已整装待发。所经历的，表达的，沉默的，都将被装订成册。匍匐尘埃，故乡夜色月明星稀。时光也不急不慢，体味着生命的律动，婷婷袅袅的伴着我们人生的清欢。

乡亲们眼神里的睿智和通达让我的呼吸变缓、脚步变轻。有时候，我不愿打断他们的遐思，隔着波光潋滟的水塘，我愿把他们深情眺望。如果记得那些止于父辈的泥土，深埋了结痂的月色，没有流泪，不喧哗，不浮躁，带来的都是幸福，都是喜悦，都是往前走的信心。

我收起了思绪，始终坚信时光里的真诚，人世间的喜与悲，爱与恨，一目了然，不容置疑。一股暖意流遍全身。季节撒尽自己的花瓣，我们像村口的老树一样静默无言，集聚一切向上的力量，心无杂念，吹开人间惊艳，浇开生命之花，结出丰硕之果……在和风中假寐，聆听万物生长的律动。

世间的一切，原来都是遇见。

我有花一朵

是谁在耳边轻声说，陌上花又开。那景象，那么遥远，又那么真切，仿佛就在昨天。记忆漫过河岸，繁花朵朵，那嫣红似燃烧的烈焰。世间所有的花开，都不及你绽放的美。灿若桃花，一张美的今生难以忘记的脸。

望着你，像一片彩云从我眼眸轻柔飘过。独步花间，与你不期而遇，顷刻花香溢满天。

心香一瓣，你在丛中为谁绽开笑颜。

陌上又见花开，美丽的姑娘如蝶飞。袅袅炊烟伴唱风花雪月浪漫。

微风轻轻吹，情丝舞翩跹。一株历尽人世沧桑的花，那是你啊，邻家小妹，像玻璃透明，像月光恬静，美丽端庄惹人怜。漫漫人生，何妨扬眉一笑，养一颗柔软的心，于尘世里，学会和颜悦色，那浅浅的一低眉，恰是婉转从容的美妙。叹世间，遇见你，时光不早不晚。

人间多悲喜，牵挂你的人还有我。都说百花向晚，千娇百媚的好看。流水潺潺，白云去又还。

山高路远，有缘无缘，你我之间，相见恨晚。那一刻，似乎惊艳了时光，温柔了岁月。人海深处，你在翘首痴痴盼。相见欢，盈盈明眸瞬间泪两行。拈花一笑，念念不忘，必有回响。心甘情愿分享你的快乐，分担你的悲伤。时光荏苒，唯愿时光不老，我们不散。天空飞过数排雁，转眼已是人间四月天。

情不知所起，对你一往情深。风里雨里，我在老地方等你，从此真情不再顺便。躺在缘分的摇篮里沉睡，那是何等的惬意啊。一路花开，一路芬芳，希望不遥远。多么渴望，在你温柔的目光里醉一回。每次的相聚，总能留下太多的惊喜。寂静时，喃喃细语，你的心扉为谁开。思念在心头，忍不住有话向你倾诉。岁月到处流转，你越来越漂亮，让人越看越喜欢。

岁月啊，你脆弱的像一丝线，牵不住你长久的挂牵。繁华三千，终抵不过刹那。薄指芊芊人缱绻。世道人心入梦，滚滚红尘中，难道我注定只是你手中的一滴墨香，随风而逝，没有天长，没有地久。如果缘分尽了，那就主动离开吧，坚持下去终归是落花有意流水无情，何必枉自嗟呀，空劳牵挂，倒不如潇洒放手，就此别过，互不打扰。君在天涯自珍重。人性太复杂，所有的美好往往只是梦一场，莫道悲欢离合终有天。

人世喧闹，你的心儿可乱……我问风，风儿未动；我问花，花儿不语。来来往往，犹是故人归，你风采依然：单纯善良，甜美可人，像花儿一样从容。花落花开，云卷云舒，时光不再，可相思和等待却永远不息。你告诉我，请记得，我在等风，也等你……月明人倚楼。不打扰，不联系，不代表忘记。倚栏杆，一定要把握当下，珍惜两人相聚在一起的时光，因为这种美好的日子过一天就少一天，所以不要给自己留下遗憾。

生活中有时快乐，有时悲伤，这都是正常。我想说，就算未来相遇的日子也许注定不会开花结果，但是彼此能拥有许多美好回忆也是挺不错的。有时我也迷茫，真想对你说，相濡以沫不如相忘于江湖，可是见到你柔情似水的模样，我欲言又止。人生啊就是这么奇妙，哪怕未来有一天想起你来也能嘴角带着微笑。仅有这点我就心满意足了。想你啦，心儿比蜜甜。

庭院深深，满含思念，手掌心的花儿只为你飘香，如果喜欢，愿与你把酒共诉衷肠。都说风月无边，缠缠绵绵。情海荡漾，小船轻摇，真爱难说，可爱的人儿，多么想与你一醉千年。抛弃世俗，随风摇摆，笑看尘世百回。我想说，所谓的遇见，都是为了你。如果可以，请把我留在童年里，留在青春里，留在最美的时光里。谁说红尘中痴情的人儿多半都贪恋？

灿烂的午后，分享阳光的温暖，温暖你，也温暖我。温柔的风儿一直向北吹，吹乱了心绪。人生如梦不是梦，今生今世遇见你，心已足矣。那年的长发飘啊飘，只盼温柔的风儿，捎来你的消息。生活处处有风景，牵绊着情丝无限。

人生四季，风景如画，草木葳蕤。万千繁华，眼中最旖旎的风景有你。思念你，永不言弃。执着于理想，纯粹于当下。你享受宁静时光，给人以恬静清逸的心境。这世间，唯有生命和真情不可辜负。愿世间化为沧海桑田，愿你我归于初见。

夜色阑珊，夜色撩人，夜色无边，你轻盈而过，留下醉人的香甜。前尘往事，暖暖的幸福在身边。蓦然回首，你脸上带笑，眼中有喜，灯火阑珊，怎么看都温暖。花开富贵，花好月圆夜，破碎的月光，心中顿觉莫名的忐忑，生为女子，你美丽大方，是个热心肠的好姑娘。百味人生，相知又相牵。

世间最美丽的声音，那就是恋人的呼唤。仿佛万物都在低吟浅唱。欲问青天，这人生有几何？怕这去日苦多，懂你的不易，如亲人一样怜惜。总有一处地方，时刻让人向往。淋湿我的那场春雨，淋湿了我的心，不知不觉痛，所有悲欢，一瞬间全都涌进眼眶。岁月长河，潮起潮落，彼此关心，彼此惦记，梦里拥往事入怀。晚风拂柳笛音悠扬，往事如风，情如烟。

碧空轻柔，轻风随流水。情缘未了，说什么再见。盼你所有日子都被岁月厚待。你中有我，我中有你，相思日渐浓。只怕心老，不怕路长。缘分不停留，此生有一人想你，真好！我有花一朵，长在我心里，愿你一生微笑向善向暖。

花开的时候来看你，清风送来阵阵花香，无尽的相思，充满你的眉梢间，喜出望外，欢欣溢于言表。世间多少事，过尽千帆，红烛一盏，回首唯留梦酣。宛若平常一段歌，此情温暖人间。

暮雨绵绵，谁梦中空徘徊，只怕夜冷故人来。心中有暖，何惧冬寒。雁字回时，月满西楼，莫让往事成追忆。遇见你，温暖我。无论你在哪里，都在我心里。一种相思，两处闲愁。繁花似锦，流水淡云，终有一天你会发现，找到一个喜欢自己的人比遇上一个自己欣赏的人要难得多。人心，永远需要互换。隐藏自己的情绪，终究世界是自己的。两厢情愿，隔窗听雨，我心自暖，愿把离别写成醉人的诗篇。

步步入画，顾盼生情，懂你无言也欢喜。这世间，一个人的文化再高，也高不过善良，一个人的容貌再美，也美不过心灵。坠落的花瓣，在我的掌心，划出一道美丽的彩虹。愿时光温暖几许，愿岁月温柔待你。如此，心安。

槐花开在夏日

浓浓夏日，不知不觉间，槐花就开放了，整个村庄笼罩在槐花雪中。行走在槐花开放的路上，感觉空气中都芬芳馥郁。

夏日的乡间田野，一丝丝柳条随风摇曳，婀娜多姿，泥土伴着青草的芳香，会让你心旷神怡，忘记烦恼，抛弃名利，那是何等的惬意。

谷雨过后，如期而至的夏，让我们衣着变得单薄起来，总有那么一段时间，仿佛沉浸在挥汗如雨的日子里。然而，正是这赤日炎炎的夏，才托起了春的希望、秋的喜悦，冬的缠绵。

风吹麦浪，一片金黄，那是夏日在田野歌唱。所以，我想对夏倾诉。

夏日的旋律、节奏、内涵和张力，任何语言、想象和表达都不可企及。夏之夜，喧闹的广场舞响起来，大妈们、小媳妇欢快地舞动起来。这是一种生活态度，一种浪漫情怀，让你在岁月匆匆的脚步中听到自己内心的声音，寻找属于自己的幸福。

夏日炎炎，豫南的麦子早熟，秧苗也已经有序地插入稻田当中，油菜花竞相开放，放眼望去，灿烂壮观。油菜花海是豫南的一道靓丽风景线。在轻风的吹拂下，花香阵阵，让人们看到了飘扬的希望之旗。远处的蛙鸣声，近处的蝉唱声，合奏着一曲动人的交响乐。这是我们共同的家园。

夏日的风景，如同饮酒，可以微醺，可以沉醉。人生，总是始料不及，从来没有时间的思考，也没有思考的余地，那些错落在生命的风景，总是匆匆地来，又匆匆地去，还有回不去的旧时光。

夏之魅，在于谁来继续播下种子，谁来细心采摘。我们敬重所有在庸常的日子里有所坚持、有所期待的生命。听得到脚踏青石清脆的响声传向远方，听得到雨落青石如竹露清泉般的声音，而你，可否听得到自己心灵花开的声音？生活就是这样雕刻着我们，叫人有一种说不清的夏日情愫在心头滋长。我们不成熟的时候，至少有炫目骄傲的青春、快乐和友情，还有像牵牛花一样转动的梦；但我们成熟后，甚至有了一些可以维持生活的财富，却多少世故了起来，让一些杂事、琐事纠缠着，再也寻不到曾经的欢乐时光。

槐花开放在夏日的故乡，那是我滋长的情愫，是一种如云如水的感觉。生命中不可缺少的一抹阳光恰如夏日的时光，晴暖宜人，映照着我们的笑脸，像河流一样欢腾地奔向前方。人生中总有那么多让人怀念的情绪。故乡啊，闭着眼睛还在想你，想你的大别山花香，想你的淮河流水长，想你温暖的怀抱，想躺在你的怀抱里甜甜地进入梦乡，一觉睡到自然醒。

心在这里稳稳的，睡得香香的。一觉醒来，只见窗外白云飘动。多了沁人心脾的槐花清香。

夜里忽闻大风起，雨带风，风裹雨，风雨起苍黄。雨落下，恰似情人眼里的一滴甘露，品，润其肺，看，悦其目。久旱的庄稼，因为有了夏雨的浇灌，它们的生命力更加旺盛，似雨后春笋般地生长着。夏风夏雨伴草木花香，这些似乎来自心灵与心灵之间的碰撞。

啁啾鸟鸣声中，清晨推窗远望，故乡又是一个晴朗日。水"洗"过的槐树呈现在眼前，露珠点点的槐花儿，开得无法形容的美艳夺目。

夏雨后的村庄，满眼翠绿，让我心生欢喜。

岁月回望兵之初

多少次梦回吹角连营。不知道是啥原因，怎么再也见不到一个熟人，我寻找，找啊，找啊……经过无数次的努力，眼看就要见到老首长、老战友了，梦却醒了，醒来时泪水在眼角滚动着。时间走过，记忆留下。珍惜生命中每一页翻过的和即将到来的日子。穿越激情的岁月，成就生命的底色。

阳光下的绿色军营，承载着我的青春和梦想，心中思念，日久经年，依然熠熠生辉。

年华似水，退伍回乡，一晃二十多个春秋过去了，往事依然如昨。当兵的经历始终萦绕在心中，是一种刻骨铭心的记忆，是一脉温情，是心灵的归宿和依托。

时间很慢，却又很快，回忆兵之初的岁月，是我永远挥之不去的情愫。

从小就向往绿色军营生活，盼望有朝一日能成为一名光荣的人民子弟兵。那一年，在新疆边防部队当兵的叔叔有一次回来探家，我缠着他一整天，让他讲讲部队的故事。叔叔对我说，部队是有严格纪律的队伍，走路整齐，吃饭要快，衣服被子要叠"豆腐块"……一切都那么令我向往。平时在电影电视上看到当兵的是那么神气、威武的。假如有一天能成为他们中的一员，那是多么让人高兴的事情啊。我萌生了参军入伍的想法。从那以后，有事没事我就缠着父母嚷着要去当兵。

没有梦想，何必远方。从军是每个热血青年的梦想，我也不例外。梦想就像永不干涸的泉水在我心底涓涓流淌。

男子汉当兵去。暗地里，我给自己鼓劲加油。

那一天很快来临。

那年 3 月，未满 18 岁的我，经过报名、体检、政审、定兵……一路"过关斩将"，终于如愿以偿地穿上了向往已久的绿色军装。

带着朝气与稚嫩，佩戴上红花，我即将去往地处中原腹地的济南军区第 20 集团军某步兵师。该师雄踞中原，是一个具有光荣传统、战功显赫的英雄部队，也是中国人民志愿军第一位特等功臣杨根思生前所在部队。

当年叫响全国的军民双拥口号"视人民如父母，把驻地当故乡"就是从该师传出的。当地政府以此，也适时提出了"视军队如长城，把军人当亲人"的口号。从此，心连心、同呼吸、共命运，开启了新时期军民双拥共建的新篇章。

春雨如丝，绵长不断，像雾一样飘飘柔柔。春风轻轻吹拂大地，唤醒沉睡中的花花草草。

那天，母亲再也无法将我挽留，煮熟的鸡蛋装满我的军用挎包，不声不响送我到路口。

我强忍的泪水哽住了咽喉。

父母招手离别的场景已雕刻在我内心深处。

在母亲盈盈泪光中，我踏上了北上从军的军列。在初次离家挥泪告别了送行的亲朋好友的那一刻，我暗下决心，在部队一定好好干，给父母争光，为家乡添彩。

父母的身影慢慢变成了小黑点。当我的目光落在母亲给我煮的鸡蛋时，几滴泪水重重地砸在我的心上。

穿过高山，越过平原，疾驰的军列在千里钢铁线上，奏响着青春的赞歌。

列车一路向北开着，窗外的风景飞驰而过。青春生动的眸子浸着浓浓的乡恋，急驰的车窗掠过一个个稚嫩的面庞。乘坐这趟车的 200 多名新兵大都是从豫南信阳各县来的，聚在一起说话也都感到亲切，大伙儿的心情也就好多了。可是那时候谁会想到是不是能分在一个部队里呢。初吹离开家，当时我没有想这么多事情。

一路上，也有人打探消息，从接兵军官的交谈中，我隐约知道目的地是在三国故里魏都许昌。那时的火车速度不是很快，而且听接兵的王连长说，下了火车还要换乘几个小时的汽车，大约第二天傍晚才能到达所在部队。

这是什么样的部队？王连长没有说，我们也不好意思去打听。

军营对我们刚入伍的新兵来说是一个很神秘的地方。在一般人的印象中，部队的生活是简单严肃的，直线加方块，甚至有点枯燥，每天除了训练还是训练，吃饭要集体行动，整理内务也要一丝不苟……

未参军前，记得社会上流传一句顺口溜：紧步兵，慢炮兵，稀稀拉拉坦克兵，吊儿郎当汽车兵，怎么也比不上机关兵。真实的情况是这样的吗？有新兵窃窃私语。我茫然不知。上中学时，我看过国产对越自卫反击战争片《铁甲008》，受到电影熏陶，我的梦想就是当一名英雄的坦克兵。

当得知去的是步兵师，我的心情多少有些失落。

第二天临近中午时分，我们下了火车。

部队首长为考验我们这批新兵的体质，没有派军车来接，让我们跑步到十多里外的师部大院集合。于是，我们背起背包，挎着挎包、水壶，跟随接兵的军官奋力向前方奔去。

城市熙熙攘攘的人群，纷纷闪开，给我们让出一条道来。

师部座落在城乡接合部，离市中心大约七八里地。大伙儿都是气喘吁吁，领队的军官让新兵们停下来调整一下呼吸。我紧跟在队伍后面，停下来更是大口大口地喘着气，差一点就跑不动了。

师部大门两边，挺立得笔直的哨兵正在执勤。夹道欢迎我们新兵的人群中，还有几位女兵。

我们迈着整齐的步伐走进师部大门，迎门有影壁墙。

影壁墙约两丈高，凸起的周边是嵌着白色细碎石子的水泥边框，凹下的版面平整光滑，在刷了红漆的底子上龙飞凤舞地刷着8个大字：提高警惕，保卫祖国。

转过影壁墙，再往前走几十米就是师部办公楼，一眼望去，办公楼前面是宽大的操场。我们这些新兵集合站在操场上，然后开始点名分兵，有的同乡被分在师直属队，有的同乡被分在炮兵团或高炮团，大多数同乡都被分到了条件艰苦的3个步兵团。

意想不到，我和另外9位固始同乡被分到离师部300里外的坦克团。更巧的是，接兵的王连长也是来自坦克团的，我们顿时有一种亲切感。

坐上坦克团派来的敞篷军用卡车，一路上颠颠簸簸，也许这9位固始同乡大多数和我一样，都是第一次出远门，大家都很兴奋，一路上像小鸟般叽叽喳喳不休。

终于在傍晚时分，军车载着我们驶入挂满"热烈欢迎新战友"条幅的豫西一处军营，进入视野的是，方方正正的围墙，排列整齐的营房，宽阔平整的训练场，笔直光洁的道路，猎猎军旗，威武哨兵，操场上有老兵在训练，口号声此起彼伏，坦克、装甲车等各种车辆进进出出，这一切都让我们这些初入军营的新兵感到那么的惊喜和好奇。

我们是第一批到达这个部队的新兵。军车停稳，我们赶紧提着背包跳下车。

宽阔的大操场上已站着一排军衔不一的干部战士，王连长跑步向前，立正报告，然后把我们的档案递给一个身材魁梧的少校军官。后来得知他就是新兵营营长。我们10个新兵按个头高矮顺序排队站好，接着开始点名。我被一位长着娃娃脸的老兵带走，于是我就成了新兵一连一排一班的一名新兵。班长就是那位长着娃娃脸的老兵，是河南驻马店人，副班长是山东菏泽人。他俩帮我把床铺安排好，然后领我来到连队食堂，给我打了很多饭菜，知道我是南方人，爱吃大米，特意让炊事班的老兵给我做了一大碗香喷喷的大米饭，瞬间让我感受到部队大家庭的温暖。

青山秀水哺育了一个高尚的追求，投身熔炉迎接挑战接受磨砺百炼成钢。带着憧憬，带着梦想，带着坚毅，就这样从豫南小镇走进了绿色军营。

踏入军营，首次近距离接触坦克，别提多开心啊。这是一支全训部队，一支英雄的部队，1985年百万大裁军时，由军坦克团改为师坦克团，担负着集团军战备值班任务（那时我国南部边疆还有战事）。新兵营的营长、教导员和几位新兵班长都是从云南老山前线立战功回来的，他们是真正的英雄。

草长莺飞，百花怒放。初春的阳光暖暖地洒在脸上。

军歌声声回荡在锦绣山河。风吹雨打，从来不低头，再苦再累也挺起胸膛。

新训期间，新兵营以营为单位组织教学，以连为单位实施训练，不时还组织队列会操。在新兵中，叫响了"谁英雄谁好汉，训练场上比比看"的口号，表明了"当兵不习武，不算尽义务；武艺练不精，不算合格兵"的决心。

从那一刻开始，我们意识到，不再是父母双亲身边任性玩耍的孩子，不再是校园里爱追梦的学生。军人，这个神圣而又伟大的称号已成为我们新的名称。

谋打赢，练打赢。走、打、吃、住、藏，我们几乎个个被训练成了小老虎，在较短的时间内实现了由普通社会青年到军人的转变。

刚入伍那阵儿，新兵们的脸个个白皙娇嫩，豫西的紫外线太强，天天在烈日下摸爬滚打，不到一个月的时间，大部分的新战友就变得黑不溜秋了。对于我们新兵来说，无论在意志上、品质上，还是体能上，都是一种全新的挑战和考验。

我们经常携带轻武器、子弹袋、手榴弹、防毒面具、水壶、挎包、雨衣，负重25斤左右跑5公里武装越野。到了晚上睡觉也不敢放松大意，紧急集合是新兵的最大担心和害怕。

往往在夜深人静之时，营门突然响起急促的紧急集合哨音。

翻身跃起，穿衣，蹬鞋，系腰带，打背包，挎枪械，这一切都要在几分钟甚至更短的时间内完成。然后是整队集合，点名报数，长距离行军。尤其下雨天还经常搞紧急集合……这里的训练是非常严格的，近乎魔鬼式的训练。除了队列训练之外，还有站军姿、练体能、越障碍、喊口令、射击投弹、擒拿格斗、巡逻站岗……门门都是硬功夫，样样都是硬指标。根本不像社会上流传的那样：稀稀拉拉坦克兵。

烈日当空，时间仿佛凝固了一般，我盯着跑道远处的一棵棵树木默默数数，数着数着就觉得树木越来越多，天上的云彩在翻腾……后来在模模糊糊意识中，感觉有人把我背到了旁边的草坪躺下，似乎小憩了一会。

我慢慢睁开眼睛，看到了连长站在我面前。我一激灵，立即吓得赶忙站了起来，转身又跑到了队伍里继续练站军姿。

当天晚上的例行点评时，连长说，今天有一个新战友让他很受感动，在训练场上晕倒了，本可以休息半天，可没想到这位新战友刚恢复意识就又跑回去训练了。

讲评完，连长点我名，让战友们向我学习。自那以后，他每次见到我，都会笑着对我说，是个好兵苗子。

而我从那时起，觉得新兵训练的日子不再那么难熬，现在想来，或许是因为受到了鼓励而坚强起来。

置身于中原一座军营绿色的风景中，我像幼苗一样渐渐茁壮成长。

新兵训练的日子，是新兵"破茧成蝶"的特殊时期，日子紧张而艰苦，但苦中亦有乐。一天，上级安排新兵们参观团史馆。

我们排着整齐的队伍，穿着制式白衬衣，绿军裤，大多数头发刚刚洗过，一个个透着干净、利落。后来得知电影《铁甲008》的原型大部分就是来自我们这个团的。

参观部队史馆，我们热血沸腾。面对英雄部队的历史长卷和一张张泛黄的英雄照片，我们眼中闪烁着羡慕。凝望那一张张照片，我都会产生丰富的联想，那如火如荼的年代，那如诗如歌的画面，那雄壮矫健的身姿，那铿锵有力的脚步声，栩栩如生，历历在目……

此时此刻，我们明白了军人的价值：当鲜花盛开时，军人的忠诚是写在大地上的和煦春风；当夜深人静时，军人的忠诚是写在人们睡梦中的甜蜜果实；当战争来临时，军人的忠诚是写在枪林弹雨中的热血诗行。

张开双臂拥抱多彩的梦想。训练之余，我喜欢读书，爱好写作，见缝插针，写了几篇反映新兵连趣事的文章，在班长的鼓励下投寄到战友们喜爱看的军区报纸《前卫报》。

时隔不久稿子竟然在军区《前卫报》"露脸"啦。

那天，天朗气清，微风拂衣，温润暖和。新兵营给我记了一次营嘉奖。那天，我胸前戴上一朵大红花与新兵营营长、教导员站在一起照了一张合影。

父母很快就收到部队寄来的喜报。后来得知从来不喝酒的父亲，那天高兴得竟然破例喝了两小瓶北京二锅头。然后，他来到街上逢人就吹嘘自己的儿子，说我在部队如何有出息。惹得有好几位中学时的女同学主动写信给我，其中有校花莉勤，她曾是我初三时的同桌。

刚穿上新军装那阵儿，还没去部队之前的那几天，每当走在大街上的时候，我有种凯旋的心情。曾记得，那天下午经过一家小卖铺，莉勤正站在家门口，伸长脖子向我来时的方向张望，她穿条水红色的紧身裙子，把她的身躯勾勒成完美的曲线，美艳绝伦。

我得意地吹起了口哨，吹的是"弹起我心爱的土琵琶"。莉勤听到了，她目光就停留在我身上，然后朝我笑了，笑的时候像一朵向日葵，很灿烂，很甜蜜，很醉人。

她确实有着豫南女子特有的清秀与风韵，身材高挑，乌黑的披肩秀发，鹅蛋脸，柳叶眉，清澈的明眸，让人一见就会想到豫南水乡那春风中的碧水与如烟的杨柳。她笑意盈盈又含情脉脉地对我说："老同学，到部队后给我来封信，好吗？"她妩媚极了。

"好啊！"因为我头一次迎来少女多情的目光，顿时青春年少的热血一下滚烫起来……

风在吹，云在飘。那天，我是带着乡愁离开家乡的，登车前，回望熟悉的地方，看见村边的小河果然在笑，笑得很甜，那清清的河水欢快地流淌着，鹅卵石在河水的怀抱里尽情地撒娇，那白色的浪花，翩翩起舞，我脸颊上流下清澈的泪水。

怀揣儿时的梦想，穿上绿色的军装，当青春撞上军营，必定要擦出成长的火花。

起床，洗脸，吃饭，集合，排队上操场。稍息，立正，昂首挺胸，报告班长。向右看齐，不要把头低……

新兵连到底有多苦，只有当过兵的人知道。"苦不苦，想想长征二万五；累不累，想想革命老前辈！"这句在军营盛行的经典句子，道出了战友们以苦为乐的情怀。想起班长他们这些老兵，常年扎根军营，默默奉献青春，我们这些刚入伍的新兵有啥资格谈苦和累呀。

想开了，便是云开雾散。

新兵快下连时，部队举行新兵授衔仪式，我佩戴上了"一条杠"的列兵军衔。于是，我无比真诚地感激和赞美绿色军营。我笑得像花儿一样灿烂，激动地跑到驻地照相馆赶紧照张相，冲洗数十张，然后从文书那儿拿来一沓印有部队代号的专用信封，盖上"义务兵免费信件"的邮戳，当天寄出，迫不及待的将这份喜悦分享给远方的亲人和朋友。

从新兵到列兵，短短一个字，其中的身份转变与职责改变是要为之奋斗数载的，此时此刻起，合格军人的标准便在我们心中树立。

呵呵，两个月前的我们，青涩而稚嫩，懵懂而迷茫，我们怀揣着从军报国之志，给青春"理了个短发"。

青春音符在演兵场上闪光。朝气蓬勃。佩戴列兵军衔的我们就像春田中嫩芽，正在茁壮成长，一切才刚刚开始。

幸福时光总是静悄悄地流逝。转眼，新兵连"余额"已不足。在热火朝天的军营里，我们接受了血与火的考验，苦与累的洗礼。曾无数次的跌倒、爬起，在这段时间里，我们感受到了军营的酸甜苦辣生活，用青春洒热血，用热血铸忠诚，用汗水洒满训练场，我们拼搏的英姿、咬紧牙不放弃的脸庞，渐渐地有了军人的模样……

梦想从来不是轻而易举就能实现，奋斗的路上需要汗水浇灌，轻言放弃不是军人的性格，在这个花一样的年纪里，愿战友们遇见最好的自己……

岁月回头望，往事常有一种怀旧的温柔气息把我们缠绕。回想兵之初的那些日子，常常在梦中笑醒。夜风清凉，许多尘世的喧嚣扰攘此时轻飘飘随风远去，夜色如此美好，真乃天籁之境。当时只道是寻常。

许我青春，我自繁花。重温兵之初的幸福时光，那一刻，我会有战士收刀入鞘时的骄傲！

卷五

暖·向暖而生

岁月过往，

不知你有没有感到疲倦。

纵然生活是一路泥泞，

不畏艰难，

依然前行。

破土而出的希望

二月二，龙抬头。往年我都会选择在这一天理发，图个吉利，而今年是不可能了，只能等待理发店开业那一天的到来。

一场疫情，让很多人明白了有套房子，有固定的收入，才有真正的安全感。种种原因，有的人被莫名其妙的解聘，甚至连一个通知都没有；有的人不仅没了收入，还被房贷车贷压得喘不过气；更有人因为没钱付房租而被扫地出门……

战友朱尽，退伍回乡后分配在一家事业单位，因机构臃肿、人浮于事，加上他文化程度又不高，上班不到半年时间只好辞职外出打工。三年军旅生活的锤炼，带给他坚韧不拔敢于吃苦的品质。经过几年辛苦打拼，他口袋里有了一些积蓄，就回到家乡买了辆出租车，跑起了出租。

"起得比鸡早，睡得比狗晚，吃得比猪差，干得比驴多。"朱尽在电话那头说。他说话带着浓郁的豫南方言味，但语调又是平缓和波澜不惊。

这句话是他喜欢用来调侃自己生活状态的一句话，虽然有些浮夸，但也是说出了他生活的心酸。每天汗流浃背、气喘吁吁、面容憔悴；奔波在车与家之间，总算是有了一份稳定的收入，便在城区贷款买了套房子，终于在城区有了属于自己的家。

结果，谁也没料到，一场疫情把朱尽打回了原形。

房贷要还，车贷要还，社保费要交，他实在没办法，没有收入简直一天也过不下去了！

和新冠病毒鏖战一个多月后，随着疫情逐渐好转，我们这里作为疫情低风险地区，乡村、街道、小区渐渐解封了，企业复工复产也提速了……朱尽不顾家人的劝阻，把车消毒后出去拉客户，无奈大街上空荡荡的，一天跑下来，赚的钱，掰手指头数数，50 元还不到啊。

一个 40 多岁的大男人，跟我聊着聊着就哭了。

每个人都有自己的不易，但不是每个人都会懂你生活的苦。

聚光灯，容易照在自己身上。人最易犯的错无非就是觉得自己牛逼，只想谈自己，而对他人视而不见。许多事情，你没看到结果，是失望；看到结果以后，是绝望。当然，受这场疫情影响的，不只战友朱尽一个。作为一个普通人，我们很无奈，当潮水来临时，你根本无法改变潮水的方向。

对身材高挑婀娜多姿的小表妹阿勤来说，疫情期间真的是无事可做——因为她是一家大型养生休闲中心的金牌技师。她性格温柔，容貌出众，为人热情，加上技术过硬，手法娴熟，被小姐妹们誉为店花。

她人品善良，自律努力，让我发自内心的尊重和喜欢。

"马上快过年啦！我们是'地球不爆炸'，我们不放假！"看到小表妹的信息，我立即回复她："人生实苦，但请你足够相信，一切都会好起来。"

春节前夕，外地返乡的人特别多，许多人与家人朋友相聚后，会选择出去放松一下，而一些足浴养生的休闲中心成了大多数人的首选消费，一来可以消除整天的疲劳，二来也是一种不错的养生方式。这样一来，也是阿勤她们最忙碌的时候。

小表妹阿勤青春靓丽，按摩手法熟练，一天下来，排钟加上点钟，她要接待七八位顾客，有时甚至忙到深更半夜，根本顾不上吃饭喝水，更没有片刻休憩的时间。她本想着过节可以歇一歇，没想到这一歇迄今依然没有复工的消息。

当下，职场竞争日益激烈。工作没有高低贵贱之分，每一个用自己勤劳的双手赚钱的人都值得我们敬佩，特别是在服务行业，我们在享受服务的同时，也要为像阿勤这样的姑娘们着想，请给她们多一些理解和尊重。

每个人的人生都不容易，不要去嘲笑别人的难处，家家都有本难念的经，人人都有难唱的曲，生活再富足的家庭，背后都有我们所看不到的难处。生活再幸福的人，也会有自己的难过和不满。尊重别人，也是对自己的一种尊重。

一聊这些，也许觉得我想倾诉的太多了。是的。这时候才会想起来，她们曾经带给很多人温暖和舒适，同时她们也需要安慰，还有温暖的呵护。

我一直以为我的心是热的，所以说话从来不掩饰，我很真实。

在此之前，阿勤也希望新年有惊喜，曾调侃自己 2020 年会发生的几件事：吃饭有人约，看电影有人请，去旅游有人带，早餐有人煮，去爱想爱的人。

大年初二，她曾在朋友圈发了一张疫情期间暂时停止营业的图片，上面写着"老实待在家，就是对社会的最大贡献！"

原本年后挣钱在城区买房的计划被彻底打乱。

毕竟每个人都面临着生存的压力。

原来我们不在意的平淡生活，现在看来都值得拥有和珍惜。

"这个假期你们胖了吗？反正我是胖了。"她调皮地发着微信。其实，那是一种明媚的温柔。

心存美好，总将走过寒冬，春回人间。虽然各行各业都遭受了不同程度的影响，但她相信"一切都会好起来的"。

她的等待，来日可期。所谓未来可期，无非就是面对着世事无常，依然能迎风不凉，遇雨不伤，把一份静气写在脸上，更落在心上。

有平静，有忧愁，更多的是期待。

"疫情过后，我谁也不想见，只想工作，只想挣钱，没爱可以，没钱不行，这就是现实。"小表妹，你说的一点也没错。这人世间纷纷扰扰，寂寞且繁华，最终敌不过柴米油盐酱醋茶……

新冠肺炎疫情如同警钟，让我们瞬间明白，原来活着如此美好，其实生命最为重要。

人的一生，坎坎坷坷，风雨飘摇。似水年华，懂你悲欢，知你冷暖。

一份好的感情，不是追逐，而是相吸；不是纠缠，而是随心；不是游戏，而是珍惜。人世沧桑，愿有一个人，爱你入骨，给你最温暖的拥抱，给你最真心的爱，给你最入微的关怀，伴你悠悠岁月。

天地之间，不问风雨，心之所向，那么的幸运，遇到懂你的人。

熙熙攘攘，来来往往，这就是生生不息的烟火人间。

岁月过往，不知你有没有感到疲倦。纵然生活是一路泥泞，不畏艰难，依然前行。

疫情来临后，我们才意识到，过去的每一个寻常日子都弥足珍贵。它也让我们懂得了珍惜，懂得了爱，懂得了温暖。

这场疫情，打乱了很多人的生活。此刻，让我们守望相助，共克时艰。没有哪个寒冬不可逾越，没有哪个春天不会来临。待到阴霾消散、繁花似锦的时候，我们约好，并肩迎接那缕灿烂的阳光。沐浴在融融春光里，抑郁的心情也将一扫而光。

那个寒冬，庚子岁初，你背负着生命的重托，逆行武汉，春天到来，你和战友们圆满地完成任务平安归来。你灿烂的笑容，就是今春最美的春光。

这个春天终将如你所愿，柳绿花红，晕染着它的新鲜烂漫，春水初生，荡漾着它的深情款款……

每一场春雨，都将滋润青葱的嫩芽；每一寸阳光，都将照耀苗壮成长的秧苗。

因为我知道，这里孕育着破土而出的希望。劫劫长存，生生不息。

不得不承认，那是一种豁然开朗的喜悦。

阳光恣意徜徉

天地间，灰蒙蒙的，南方在下雨，北方在飘雪。

不幸的消息接连传来。

有泪如雨纷纷落下。

"你二伯，上午10点钟，走了……"手机里突然传来堂姐永林哭泣的声音。

噩耗接连传来。2月4日，2月15日，小镇上的二伯父和九奶，我的2位亲人，相差十多天先后离开人世。

"疫情一日在线，我始终在岗。"

面对汹汹来袭的新冠肺炎疫情，作为志愿者，我正在小区卡口值守，得知这个不幸的消息，我强忍住悲伤，向着亲人离去的方向跪拜，遥祭亲人。

"二伯，您老千万别怪侄儿的不孝啊。"

人世间最大的痛苦，莫过于与亲人的生死相隔，瞬间失去亲人的痛苦是让每个人都承受不了的事实。但谁又能够阻挡灾难的突然来袭呢？

泪眼婆娑，我是多么希望亲朋好友都可以幸福的生活到生命的终点，没有遗憾的离开尘世啊。

多年前的情景怎么能忘记啊！那年父亲调入县税务局工作，我家随即离开小镇搬到县城。固执的我不想受不苟言笑的父亲管教，从部队退伍回乡等待安置的那一段时间，大多数时候都是吃住在二伯父家的。二伯父用架子车拉货，在小镇街口摆个摊子，卖些铁钉、铁丝等日常生活用品，做着小本生意，以维持全家生计。朴实的二伯父一家待我如同亲生。

血浓于水的亲情，是我这辈子最深的羁绊，最深刻的情感。

春深似海，情重如山。在静悄无人时，我会拿出手机，轻轻地翻出二伯父的照片。

亲人的笑容永远定格了。

看着看着，我的眼泪浸满面颊。

这个时候正处在疫情防范关键时期，我在战疫一线坚守，我能做的，唯有如此。

疫情下的芸芸众生，失去亲人，谁不心疼，谁不伤心，谁没有悲悯心，谁没有正直心！

那一幕幕犹在眼前……

当看到女儿跟着载着妈妈的遗体的车边跑边哭喊"妈妈"的时候，当武昌医院院长的妻子拉着殡葬车撕心裂肺地恸哭的时候，还有许许多多普通百姓被疫魔夺住生命的时候……

那一刻，你再坚强也会转身有泪落。

生命原来是如此脆弱，灾难让无数人与亲人阴阳相隔。

时光总是来去匆匆。偶尔，逝去的亲人在记忆里重温。

待到风雨过后，彩虹再现，让我们抹去泪水，整好行装，再出发。

时间总是带着美丽和忧伤行走，转眼间冬去春来，万物复苏。光阴终不会为谁而停留，一直以为不会离开的，有一天也不会再见了，一直以为能够陪伴的，有一天也会远去……蓦然发现，我们不只有肝肠寸断的悲伤，还有高风亮节的精神，更有坚韧不拔的意志。

"疫路前行，你不是一个人在战斗，平凡的你，也是英雄，致敬！"

虽然在微信朋友圈里看不见你的容颜，其实我知道，你就是一位善良的姑娘。

疫情发生以来，我们税务人员立即行动起来，自觉参加了社区志愿者队伍。每天在小区防控点的卡口，对进出人员测体温、登记，并对车辆严格检查、消毒。还有人通过社区的大喇叭宣传防疫知识。我们志愿者的付出，群众都看在眼里。居民大赵主动拿出家里的一顶商用帐篷，为24小时轮岗值守卡口的志愿者和社区人员挡风御寒；居民小王将家里的手提照明灯送到了卡口，免费为卡口提供照明……

这些出现在身边的情景，时时刻刻冲击着我的心灵。

"……在我们最困难的时候，你凭着党性和自觉加入最美逆行志愿者行列……"这是以社区党支部名义为236位党员志愿者送去的感谢信，里面的内容饱含真情，鲜红的党徽熠熠生辉，在我收到感谢信的一瞬间，我的眼睛是湿润的。

连日来的辛勤付出终于有了丰厚的回报。我们用实际行动谱写了一曲可歌可泣的"抗疫有我"的赞歌，让税务蓝在疫情防控第一线高高飘扬。

春天来了，在抗疫一线，我真切见证了团结一心的力量。在战"疫"的关键时刻，利用休息时间，笔触笨拙的我，饱蘸激情写出了《战"疫"有我》《抗击疫情始终有我们》《疫情终将过去》《春满人间》等大量喜闻乐见的文章，在人民网、搜狐、网易、凤凰、今日头条、中原传媒等主流媒体推出，立体客观地记录了大家敢于奉献、不负重托的感人故事和瞬间……为打赢疫情防控阻击战注入了必胜的信念，赢得了众多读者和网友的点赞和好评。

在写这些文章的过程中，接触和看到了很多熟悉的人和事，我常常被打动得泪湿衣襟、心潮澎湃。

值得一提的是，不管再忙，我都忘不了一件事，每天坚持把分局6名志愿者上传反映工作实景的图片，经过认真挑选，然后精心制作成"抗疫英雄榜"，发在微信群。

"你既当好疫情防控阻击战的战斗员，又当好宣传员，为一线的兄弟们鼓舞斗志、分享感动，传递出响亮声音。""你彰显了税务人的使命担当，凝聚起众志成城的磅礴力量。我们等你归来。"一些朋友看了我的文章后在微信里纷纷留言。

字里行间透出的是爱与牵挂。

用心写字，为税发声。因平日素爱写作，发挥自己的特长，写下了一些既宣传收税人又宣传纳税人的文章。我以为能看懂的都是感同身受的人，就算是千疮百孔，但日子还是要依然继续的过，因为我们有太多太多的牵挂和不舍。

"尺素间，楮松烟，陈墨点点，落心弦。旧时月光盛满了书简。"随手下笔，情感丰富，在文字中徜徉，用眼睛注视冷暖情长，任文字在指尖跳舞，任思想沉淀于纸上。愿这个浮躁的世界中，始终有我们与你相伴。

慎终如始，则无败事。进入三月，在疫情防控形势持续向好、生产生活秩序加快恢复的关键阶段，既要坚定必胜之心，又要对疫情防控保持"如履薄冰"的谨慎之心。

"你好，现在疫情还没有出现拐点，非特殊情况不能外出，为了你和家人的健康，请你理解和配合。"这是我们跟社区居民的简单对话，也是每天重复最多的话，但看似简单的重复话，可我们是在用心用情。

总有一些人、一些事让人刻骨铭心，总有一个瞬间让你泪流满面……在古城固始，这些战"疫"中涌现出的身边的榜样，成为这个城市最闪亮的身影。志愿者们用行动和担当，继续守护着平安，温暖着每一个人的心。

"小伙子，我看不到你的脸，让我好好看你的眼睛。"一位大妈动情地对下楼的志愿者小郭说。刚才，看她费力地搬着一个液化气罐上楼，行动有些不便，小郭就主动走过去帮她把液化气罐搬上没有电梯的五楼。

"关键时刻，你们是最棒的。"下楼时，有记者采访，镜头里，他躲开了，我在后面也一晃而过。

三月的馈赠，是天气在慢慢变暖，像期待夏天一样，期待关于疫情的所有好消息。

清零！清零！特大好消息终于传来。疫情防控通报出来了。3 月 14 日上午 11 时，我们信阳市最后一例新冠肺炎确诊患者从市中心医院治愈出院。至此，全市实现住院患者、疑似病例、无症状感染者和密切接触者留观人员四项清零。

于是，一个接一个这样的消息，瞬间发爆了朋友圈。

在此，请允许我再次复制粘贴一位诗人的诗句：没有哪一个冬天不可逾越，没有哪一个春天不会来临！

寒冬终究会过去，春暖终究会来临，明媚的阳光终究会照耀乾坤大地，阳光和春天终会被时光虔诚捧出。

不守寂寞，岂见繁华。随着天气渐渐转暖，我们这里已是处处繁花似锦，满城春色。人们正铆足劲要把"失去的时间"夺回来……

当时光慢慢抚平了曾经的伤疤，在渐行渐远的回首之时，蓦然间发现，我们又生活在花红柳绿的世界里。山外山上云外云，又有谁在那里，遥望疫情刚刚过去的自己。

正如有人说，面对灾难："不哭，也不笑，而是去理解"。

在眼下这场史无前例的疫情中，许多同胞失去了生命，一些家庭遭受了重创，所有人都遭遇了考验……铭记那些犯过的错、经历的痛、面临的困，铭记那些离去的兄弟姐妹、骨肉同胞，才能让逝者长眠，让心灵永恒。

春林花多媚，春鸟声声啼，春风复多情。融融暖意，为家乡固始增添了一抹亮色。

这一刻，我多么想对你说，每个转瞬即逝的春天都不容错过，请你在家等待一段时间，就可以摘掉口罩，走出家门，呼吸一下久违的花香，感受春色满园关不住的景致。

抬头望，阳光正在恣意徜徉……

大家都挺忙的，我自己拍一个得了。那天，平时不爱玩手机自拍，竟然玩了起来。自拍镜头里偶尔会出现我一两张夸张的表情，还有近处意想不到的美景。

感时花溅泪

一

一季一风景，一季春风暖，转眼之间，阳春三月花意浓。

春日的清晨，朝阳映照，推窗迎来一缕清风，凝眸望见一片葱绿，绿意流淌尽染眉间。这个时候，人的心境就会生出诸多的变化和情绪。

庚子年的疼痛被抽离。猝不及防的新型冠状病毒在神州大地肆虐，疫起武汉，蔓延全国。

疫情就是命令，防控就是责任。万众一心抗疫情。战"疫"一线的"逆行者"里，处在疫区的我们怎能缺席？

社区是疫情联防联控的第一线，也是外防输入、内防反弹最有效的防线。关键时刻挺身而出，不顾个人风险，志愿配合社区工作者走进社区、小区消毒，传播防疫知识，让更多人提升自我保护意识，更多的时候，我们志愿者是在小区卡口默默的值守。

寂静的夜晚，进出卡口的人们也渐渐归于沉寂。不怕寒意料峭，我打开手机，翻看着微信里面的内容，时不时给朋友圈的朋友点赞。静下来，我思忖更多的则是如何重新面对苦难。

望着头上的那轮明月，淡泊的心境竟然开始回望远去的青春岁月，仍然感觉依旧美好如初。

岁月回望，无论是在火热的鄂北孝感花园的军营，还是在大别山深处豫南的小镇税务所，我就会情不自禁地想起青年时代曾经所拥有过的韶华。

年轻人，有朝气，思想活跃，有强烈的进取精神。有时面对的诱惑也很多，一旦抵挡不住就会跌倒。现实生活中，年长者往往会告诫我们，取舍间总会有失去。学会淡然，学会放下，保持那份"把人生当成一个故事"的心境好好工作和生活。

对于每一个年轻人来讲，起点都是一样的，能否走得更远、达到更高，在一定程度则取决于出发的心态和志向。

闲暇，细思量，便恍然有悟。

青春是美好的，也是短暂的，它也许是你人生的一处驿站，不过请记住，即使它像一颗流星，我们也要努力让它成为一次辉煌的闪现，不惧艰难困险，敢于拼搏，志比云天。

望着湛蓝的家乡史河之水孜孜不倦的流淌，我闭上眼睛，一阵温柔，恍然之间找到了你归来的方向。青春，不关乎年龄。青春，不再是年少的特权。拥有一颗年轻的心，你就在青春里，从未离开。

二

故乡，我匍匐在你的胸膛。那一年冬天，脱下绿色的军装穿上蓝色的税服的我，子承父业，成为一名收税人。那个时光，我在同龄人面前是那么的幸运。

记住生命中不期而遇的温暖，记得大雨滂沱、没有带伞的日子。懂得与陪伴，比我们口中说的爱更为重要。这可不是简单的口号，那里有我们一颗颗滚烫的心。

我深知，世间万物，无论多么卑微的生命，都有自己的尊严，对尊严的坚守，使我们不轻言放弃，积极适应税收新常态，谱写税收新篇章。随着时代的发展，税源结构发生了重大变化，如今个体户享受各项减税降费优惠政策，税收负担大幅降低，我们税务人员服务水平也大幅增强。

这些日子，受疫情影响，大人们无法复工，孩子们无法复课，一家人都待在家里，这给了更多的相处的时间和机会。居家隔离期间，大涨的不仅是厨艺，还有面对琐细生活的耐心、独立照顾好自己的能力。在疫情防控期间的饮食生活中，我们也看到了亲情、爱情、友情的另一种可能。毕竟，人们对疫情的态度或许并不相同，但对饮食的热情却还是诚实地"异域同天"。酸苦甘辛咸，七情融于五味，全都氤氲在家里一方饭桌的飘香佳肴里。也许经此一"疫"，你可能会更明白，不论忙碌或闲暇，精巧或简朴，与共饮一餐饭的亲人爱人相伴，用心去关注和发掘寻常生活中的美好，方能尝到人间烟火的熨帖滋味。

疫情来临后，我们才意识到，过去的每一个寻常日子都弥足珍贵。

谁在落泪，天地间，灰蒙蒙的，南方在下雨，北方在飘雪。在疫情防控期间，我的二伯父等 2 位亲人先后去世。

"疫情一日在线，我始终在岗。"我强忍住悲伤，向着亲人离去的方向跪拜，遥祭亲人。

多年前的情景怎么能忘记啊！那年父亲调入县税务局工作，我家随即离开小镇搬到县城。固执的我不想受父亲的管教，从部队退伍回乡等待安置的那一段时间，大多数时候都是吃住在二伯父家的。二伯父平时在小镇上摆地摊，卖些日常生活用品，以补贴家用。他一家待我如同亲生。

血浓于水的亲情，是我这辈子最深的羁绊，最深刻的情感。在静悄无人时，我会拿出手机，轻轻地翻出二伯父的照片，看着看着，我的眼泪浸满面颊。在疫情防范关键时期，我能做的，唯有如此。

偶尔，在记忆里重温。

"家国情怀。致敬！"虽然在微信朋友圈里望不见你的面庞，其实我知道，你就是一位多情的姑娘。

待到风雨过后，彩虹再现，让我们抹去泪水，整好行装，再出发。

春风吹拂，心怀一抹温度，在冷暖交织的时光中做好自己，与光阴把盏，与岁月言欢。

回家路上的"走马观花"，有人问我啥时候才能摘掉口罩，闻闻花香。我毫不迟疑地说，快了。雨过天晴，疫情即将远去，春天终将到来。

如果大家都休息，我愿自己更忙乎些，精神抖擞，顶风冒雪，披星戴月……我情愿看到自己的血管在澎湃，还有，你们灿烂的笑脸。

三

人世间总会有心酸，还好有家就是岸。有人牵挂，有人惦记，真好。这么近，那么远，真切期待这场疫情之后，蜷缩的生命得以舒展，活下来的人们，更有尊严。

这一句句温情的话语，温暖了宅家焦虑的脸庞，抹平了口罩勒出的伤痕，照亮了等待中充满渴望的心灵，滋润了"逆行者"干涩的嘴唇。这一刻，我并没听到一声怨言，而是多么希望你变得更加多情。

寒冬将过，春日可期。一场疫情让我们明白，那些与你朝夕相处的人，往往会决定你生活的样子。原本陌生的邻里关系，在特殊时期化作门把手上挂着的食材、守望相助的心灵支撑；朋友、亲人即便被迫相隔千里，但是微信、视频、抖音，倒也成全了距离带来的美。

"谢谢你，税务哥，危难时刻，坚守一线，给我们最温暖最坚定的守护。你是我遇见最美逆行者。"

这份荣耀，无疑是振奋人心的，它闪耀在税务人的眼里，足以遮蔽整个世界。

"如果说时代的尘埃，落到每个人头上都是一座山，我希望身边的每个人都有本事，把落在自己头上的一座山，视为一粒尘埃。"有位朋友满是敬佩地对我伸出大拇指。

于是，一种陶然自乐的微醉弥漫开来，心融融，意绵绵，一切的烦忧与郁结瞬间飘飞天外，只想沉醉在这份难得的安逸里一梦千年。

人世沧桑，不论结果如何，能知道自己认真的模样，能把这份美好的努力坚持下去，在未来的路上，就能把自己的四季走到春天。

即便面对新冠肺炎疫情，人们依然对人生有着"春和景明"的期待；乐观如大山里的孩子们，哪怕路途遥远，也要找到一片松软的草地，大声朗读诗歌。

人生不就是这样，经历过生与死的考验，才懂得四个字的意义："活着真好。"哪怕雨雪霏霏也要去追寻阳光。相信不久的将来，疫情就会消散，到那时，我们又将四散开去，埋头在职场耕耘……所有的一切，都像发生在昨天，我只是小睡了一会儿。

落英缤纷香犹在，化入泥土亦芬芳。往事不回头，未来不将就，你若盛开，清风自来。我依然感谢生命中那些遇见，那些温暖，遇见内心向往的生活。在你的面前，我愿温暖呈现自己快乐的一面。

也许，多年以后，人们会想起那个肃杀的残冬，流泪的庚子年春节……

当春天的气息扑面而来，武汉所有方舱医院全部"休舱"，各省区市的援鄂医疗队胜利凯旋，新冠疫苗临床试验已经获批……一位位在疫情中最美逆行者就像黑夜里璀璨的星光，带给人们打赢疫情防控阻击战的信心和底气，迎来春暖花开的美好时光。

春风袅袅，遐思万缕，让我们一起守望相助，待到疫情消散后，再聚春暖花开时。尽情的轻吻祖国山川河流，把爱传遍华夏大地，化作那岸柳青青、莺飞草长，化作那桃红李白、清泉细流……多少个清澈的眼神，因此而流光溢彩。

珍重待春风

那天，翻看日历，是3月3日，星期二，农历二月初十。再过两天，就是惊蛰。民间风俗，惊蛰到，疫魔去。

生命有裂缝，阳光才能照得进来。

再冷的寒流，也挡不住春天的脚步。

只是这春天被三千多逝去的生命和八万多病患的羁绊，压得透不过气来，脚步变得沉重而迟缓。

回家路上的"走马观花"，有人问我啥时候才能摘掉口罩，闻闻花香。性格直爽不喜欢拐弯抹角的我毫不迟疑地说："快了。"

"战斗在疫情一线，心里怕吗？"有人问我。

"说不怕那是假话。"我坦率地说道，有一天，执勤的小区附近发现了一例新冠肺炎确诊患者盛某，虽然心里怕，但我在做好个人防护的同时，每天还是坚守在执勤岗位。

"回去给妻子和儿子说了这个事，他娘俩都很担心，但这是我的责任和义务，我让他娘俩放宽心，我也会保护好自己。"这是我的肺腑之言。

春色满园，绿柳如烟，姹紫嫣红，倾于眉间，形成了一个鲜艳葱茏而又缤纷繁复的印象。

不远处的小院落，传来怀旧金曲，柔柔的，甜甜的，宛如这三月的春风，又似那涓涓细流。忍不住被这如泣如诉的声音所蛊惑,放慢脚步。近一段时间,特别容易伤感,每看到感动的人和事,总是感慨不已。

"来时不忙,去时不慌,长歌一曲,春色人间。"重感情的人都喜欢伤感的歌曲,容易相信别人,总是为别人考虑,突然听到某一首歌就会流泪,如果你也这样,那么,请你和我交个朋友,好吗?

清风徐来,山河无恙。朋友啊,期冀你早日摘下憋屈已久的口罩,露出久违的微笑。心若无尘,则阳光依旧,情如剪剪风,亦有香盈袖。当华美的叶片落尽,生命的脉络才清晰可见。

夜空有星闪烁,小区卡口有人在守候,我们志愿者就是那守夜人,仰望星空。

那一刻,你可以触摸到一颗颗火热跳动的心。

那些忙碌的身影、温暖的鼓励,就是陪伴老百姓战胜疾病、迎接希望的一盏盏明灯。

坚韧,献给每一位奋战在疫情一线的志愿者。

望着星月相伴的天空,欣赏着迷人的夜景,心中充满无尽的欢喜,晚风微凉,吹拂着我的脸颊,我沉浸在幸福的氛围中,沉陷其中无法自拔。

尘世喧嚣,人生有太多的不如意,我们要忍受的比要享受的东西要多得多,大家努力地自圆其说,是为了找到一个继续活下去的借口……因为每个人都需要一个心灵的驿站,来停靠漂泊疲倦的灵魂,无关世俗风月,只做灵魂知己。

"你不必生来勇敢,天赋过人。只要能投入勤奋,诚诚恳恳,知道敬畏,才能扪心无愧。"父亲生前曾多次这样教导我。父亲,您老的这句话,早就印在孩儿脑海里啦。

人生应当有所敬畏,才不会为所欲为。敬,不是表面的供奉而是由衷的坦诚;畏,不是内心的懦弱而是灵魂的震撼。贤者畏惧,然无忧虞。知道敬畏,才能保护我们内心的良知,做善良而有个性的人,一生无悔。

生命匆匆，来不及拥抱就已错过。

原来尘世有太多东西都可以放弃。

走过激情燃烧的青春年华，不经意间，就奔向了世事不惑的人生壮年。

春天的守望。对我而言，疫情过去，所有经历的一切会让我瞬间明白，好好活着比什么都重要。生命就是挺住，没了生命，什么都是瞎扯。人生，真的除了健康，什么都是浮云。身边有些人，总是仗着自己年轻，肆意挥霍青春的资本，可是，你若是不懂珍惜健康，它也有灵性，一样会远离你。

曾经记得有人说过："每片海，沉浮着不同的景致，也翻滚着各自的危险。"是啊，人的欲望也是如此，它永远在我们内心躁动起伏引诱我们，然而更多的时候，需要我们必须保持适当的克制、头脑的清醒。

人世间总会有心酸，还好有家就是岸。有人牵挂，有人惦记，真好。这么近，那么远，真切期待这场疫情之后，蜷缩的生命得以舒展，活下来的人们，更有尊严。

"武汉加油"，铮铮有力，是最直白的鼓励；"风月同天"，优美隽永，是最贴心的共情。这一句句温情的话语，温暖了宅家焦虑的脸庞，抹平了口罩勒出的伤痕，照亮了等待中充满渴望的心灵，滋润了逆行者干涩的嘴唇。这个时刻，我并没听到一声怨言，而是多么希望你变得更加多情。

寒冬将过，春日可期。一场疫情让我们明白，那些与你朝夕相处的人，往往会决定你生活的样子。原本陌生的邻里关系，在特殊时期化作门把手上挂着的食材、守望相助的心灵支撑；朋友、亲人即便被迫相隔千里，但是微信、视频、抖音，倒也成全了距离带来的美。

"谢谢你，税务哥，危难时刻，坚守一线，给我们最温暖最坚定的守护。你是我遇见的最美逆行者。"

一位红衣女子经过小区卡口对正在执勤的我说道。语气中带着真情。这份荣耀，无疑是振奋人心的，它闪耀在税务人的眼睛里，足以遮蔽整个世界。

这是春天的遇见。我展开口罩上方的眼睛露出笑容。她向我深深地鞠了一躬。

也许，她以后会偶尔出现在我的生命中，却牵动着我的悲喜。

同气连枝，珍重待春风。相遇之美，美在真诚，美在走心。所以，在那一刻，我激情飞扬，多日难见的脸上再也无法将微笑收藏。

三月古城固始，春光明媚，相邀在花期；春暖柳绿，百花竞相开放。税服在身，是我一生的荣耀。

春暖花草香

"没有一个春天不会到来，你瞧——樱花的粉色淡雅，梨花的雪白端庄，月季的绯红热烈，郁金香的紫色深情……所有的景致纷至沓来。姹紫嫣红中，我依然最钟情于绿色，因为她最能代表春天的颜色。"这是一位朋友发来的微信，里面还有几幅刚拍的风景照片。

三月，豫南的阳光一天比一天温暖，从南到北，百花渐次开放。在窗外，在路上，在田埂，在林间，在一花一草的萌动中，春天已设好盛大的筵席，抚慰伤痛，展现生命的顽强与美丽。

一位朋友迎面而来，过小区卡口时，我拿出测温计给他测量体温。

"36.5°，体温正常。"我一边说着，一边登记着。

"疫情肆虐期间，有你们在，我们就安心了。"朋友满是敬佩地对我伸出大拇指。

那天，我当志愿者在小区卡口值守，一如既往地做好体温测量、进出登记、疫情宣传。

临近中午的时候，社区居委会两位干部给我们送来"党员先锋示范岗"的匾牌。

在这场抗击新冠肺炎疫情的战斗中，逆行者感人至深；在没有硝烟的战场上，遍地都是抗疫英雄的身影。这里面有奋战在抗疫一线的医护工作者、解放军官兵、社区工作者、志愿者……

我们志愿者和社区干部站在一起共同做出比心的手势，这一刻，彼此的心紧紧相连。

疫去春来，安可待。春暖花开，沉浸于太阳的光明，用力感受生命的丰盈。

"如果说时代的尘埃，落到每个人头上都是一座山，我希望身边的每个人都有本事，把落在自己头上的一座山，视为一粒尘埃。"趁着卡口有人来换岗，我待在不远处，聚精会神地品味这段文字。

固然病毒传播迅猛，但举国上下，众志成城，与时间赛跑，与病毒较量。一批批的最美逆行者和岗位坚守者风雨无阻，昼夜无歇。

这次疫情能让我们记住什么？

"我们近期打算出一期'战疫一线，文学同行'的作品专辑，你有稿子尽管拿来。"当一位编辑好友向我发出约稿邀请时，我选择了沉默。那段时间，爱发朋友圈的我，也很少再发朋友圈了，因为我害怕打扰那些刚刚逝去的生命。素爱写作的我，竟然也很少动笔了（新闻报道除外），因为我害怕自己的文字在国难当头发不出诚恳而有力的声音……

那段时间，时常失眠，在悲伤的梦境中醒来，说实话，我并未忘记一个写作者的良心，不会在这场巨大的灾难面前装瞎。在疫情防控时期，好作品具有鼓舞人心的作用。特别是由腾讯视频制作的特别节目《见字如面》，通过疫情有关的信件展现人们的抗疫决心，感动了很多人。

感人心者，莫先乎情。当我们学会用慈悲的方式对待所有生命的时候，我们才是一个真正的人。

经历着疫情的考验，也经历着情绪的波澜。

那段时间，我每天必须做三件事。

首先是关注每日的疫情通报，每天早上起来，都会习惯地打开手机看下疫情数据，及时了解疫情期间发生的人和事。

其次是"学习强国"平台，坚持每天登录，把阅读文章、视听学习、每日答题、挑战答题等所有内容全部做完，在工作的税务局近400人的学习群里，我的学习积分始终稳居前八位，并且又加入扶贫帮扶村的支部群，学习积分连续半年排在第一。

感动，有时很漫长，有时又在瞬间。

湖北于我，多少是有些缘分的。

多年前，我曾经在驻扎在鄂北孝感花园的济南军区一个坦克乘员训练团学兵一大队一中队，学习坦克驾驶，那座绿色的军营，是我青春和梦想绽放的地方。在那里训练、生活了近一年时间，我离开喧闹的花园小镇，调往千里之外豫西的一个坦克部队。绿色的火车在绿野中穿行了两天两夜，我的心，也像长江那条飘动的玉带，热烈地奔泻、流淌……

所以说，湖北是我的第二故乡，也是我魂牵梦萦的地方。亲爱的战友们，你们在那里，生活还好吗？我想你们了。

我朋友圈里的几位武汉战友，从不诉说自己的遭遇，从不哭惨，甚至很少发朋友圈。而我从潮水般的信息中，知道他们的困厄和绝境，但他们就是这么硬气，不需要任何怜悯和同情。

近两年，曾经多次去武汉，去探望在那里求学的儿子、侄儿和外甥。

儿子禁足宅家上网课，虽然我没告诉他今年疫情给武汉的惨痛，还有武汉满城的生离死别，但从儿子懂事的目光里，我知道他一定了解更多。

因为他与那座城市有今世的缘分。

抬头看看明媚的蓝天，我把幸福的眼泪慢慢逼回去，戴着口罩，不能流眼泪。

总有些人会随着时间流逝，总有些回忆会随着时光飞逝，而有些思念却会跟随光阴伴你同行。

这段日子，你看见了什么？又记住了什么？

哭过，笑过，累过，扛过。在同一片天空下，我们亲历同一场永生不忘。

倘若把你的真心和付出，都留给那个值得的人，才不会被辜负。这也让我不禁想到《诗经》中的一句诗："投我以木瓜，报之以琼琚。匪报也，永以为好也。"你送我木瓜，我回赠给你美玉，不仅是为表达谢意，更是希望彼此均珍重这份情谊。

或许，你曾为简单的选择犹豫不决；此刻，你不计生死，挺身而出。

或许，你是父母膝下撒娇的孩子；此刻，你写下激励无数人的句子。

或许，平时你考虑更多的是自己；此刻，你只想为别人做更多。

一个人如此，一座城亦如此。

只有你加倍努力，才能不辜负家人和朋友的等待和期盼。

经此一疫，我们要学会：铭记。

怜悯、互助、慈悲，这都是人性的闪光点。很多人、很多事，从前素昧平生，之后却绝不遗忘。

还有更多，我们也会铭记心中：那些感慨与感动，那些生命与生活，那些爱与被爱。

我用文字堆积的诗意去装点月光，只愿，三月的夜晚可以少一些荒凉，好让，思念可以长出美丽的翅膀，在每一个温暖的夜肆意飞翔，如同，思念的人一直在心上，从不惧山高水长。

做人要像阳光和花儿，阳光温暖，花儿馨香。到那时，你终于成熟了。

得知有9位湖北战友参加家乡抗击疫情战斗，无一人感染新冠肺炎病毒。一阵伤感过后，我又添了几分欣慰。

生命中的孤独，是繁华过后的沉沦，那些共同走过的风景，隔着山长水远的距离回望，一季花开，依旧暖到落泪。

世上最美好的东西是什么呢？是希望。

一切不平凡的开始，终究要回归平凡。平凡有多么来之不易，不平凡就有多么刻骨铭心。

也许，多年以后，人们会想起那个肃杀的残冬，流泪的庚子年春节……

当春天的气息扑面而来，武汉所有方舱医院全部"休舱"，各省区市的援鄂医疗队胜利凯旋，新冠疫苗临床试验已经获批……一位位在疫情中最美"逆行"者就像黑夜里璀璨的星光，带给人们打赢疫情防控阻击战的信心和底气，迎来春暖花开的美好时光。

走进三月，处处散发着花儿的馨香。大街上人来人往，车来车往，这人间烟火，红尘阡陌，又有了熟悉的热闹和繁华……春风习习，报告春的消息，春天不约而至，正如希望。我始终觉得，尘世间最美好的事不过是春天的花开和你的笑容。守望相助，愿我们相逢在春风里。

迎春的花儿吐芬芳，我们摘掉口罩去野外奔跑，去看那满眼的春暖花草香。大别山的儿女，宠辱不惊地扑向你。

归来已春暖

一

这个春天，延迟了花朵复苏的消息。

封城、封村、封路和隔离，是给庚子年春节准备好的一曲悲壮序曲。

我相信，今天空旷的街头必然是明天的繁花似锦。

"海子，听说你在小区当志愿者，一定要做好个人防护。另外，注意天气变化，你让东梅娘俩要多穿衣服，别受凉了。"手机里突然传来多么熟悉的声音。

坐在一旁看抖音的妻子抬头问我："是咱妈打来的吧。"

"聪明。是母亲。"我轻声说。

"快向童童老奶问声好。我也想咱妈了，说出来很奇怪，昨晚做梦还梦见我和她老人家在一起包饺子呢。"妻子放下手机，催促我。

"好的。"我点点头。

大约与母亲通了十几分钟电话才挂机，温柔善良的妻子泪花闪闪："我们始终是母亲的牵挂。"

父亲前几年去世后，喜欢安静的母亲独自一人生活，每到寒冬腊月天气变冷的时候，在省城郑州工作并拥有住房的姐姐一家就把母亲接过去住上一段时日，待来年端午节前后，天气转暖，再送母亲回固始老家。原本打算在大年三十放假那天，高速公路免费，由弟弟开车，走大广高速，千里奔袭去郑州陪母亲过一个团团圆圆的春节。姐姐提前已经把宾馆预订好了，只等我们赶过去。不承想，猝不及防的新冠肺炎疫情把原先的一切都打乱了……

娘啊，欠你一个春节。对不起，我的白发亲娘。我拍了拍脑袋，想来已快有半个月没有跟母亲联系了，一股愧疚之情顿时涌上心头。

微信视频里母亲日渐苍老的样子，淋湿了我的手机屏幕。

娘啊，虽远隔千里，我懂你。你何尝不是孩儿的牵挂。

牵挂在心中，无言也温暖。

当有人知你，懂你，也许这世间的一切皆有意义。带着梦想流向未知的天边，时光流逝，我们将慢慢变老，依然不会忘人生路上的生死相依。

其实，春天就藏在乡愁里，藏在母亲悠远的目光里。

二

在庚子新年的钟声响彻神州大地的时刻，新冠肺炎疫情突然暴发，十四亿同胞骤然居家隔离，中华儿女经受着沉重的家国灾难。

危难，是春风起笔的藏锋。勇敢，是春风运笔的灵魂。坚守和奉献，是舍小我顾大我的补白。我作为芸芸众生一员，也作为一名税务人员，面对疫情必须要有自己的责任担当。

也许，经此一"疫"，我们可能会更明白，不论忙碌或闲暇，精巧或简朴，与共饮一餐饭的亲人相伴，用心去关注和发掘寻常生活中的美好，方能尝到人间烟火的熨帖滋味。

毕竟是一座小城，纵使无常本就是人生常态，我们依然可以坚定地选择"有序"和"有情"的生活。

一天中午，我正在小区卡口执勤，一位老大娘向我走过来，她把一壶消毒液和一个塑料袋子递给我，然后转身就走了。等我忙完登记，打开一看，那个塑料袋子里，还装着好几个刚煮熟的茶叶蛋。袋子上画着一颗红心，外面贴着一张纸条，上面写着"小伙子，注意安全！辛苦了，加油！"我当时真是感动不已，这是小区居民对我们志愿者最简单、最真挚的祝福。那里面有一颗温暖的心。

社区的卡点还没有撤，大家戴着口罩，点着头眉眼含笑，春天的温暖也跑到了每个人的眼角眉梢。

路灯仍然那么明亮，只是路上很少见到行人来往。

那天傍晚，从小区卡口换班步行回家，自从2月初主动请缨到社区当志愿者以来，每天归家都很晚，今天是个例外。因为社区群里下午已经通知，全县连续多日无任何疫情发生，从3月10日起，撤销所有卡口，不需派人值守。

当初得知这个消息，我脚步放慢，深呼吸了一下，觉得今晚似乎又是一个"灵感闪现"的夜晚，我的心情顿时快活起来。这种灵感闪现的感觉已有多时没有出现了。

那是五年前第5部作品集《眷恋》出版后有过一次，记得我当时兴奋地通宵未眠，一口气写了一篇近万字的关于井冈山红色往事的长篇散文。

真善美的情感，在逆行中捧起人间绷紧的神经将紧绷的山川唤醒。这一个多月来在小区疫情防控卡口值守的经历令我"印象深刻"。

我知道，也很坦然，这将是我一生的财富，值得我用一生的时间去慢慢回忆。倘若不曾留下一些文字，很难想象以后会有感人至深的故事。

三

生而为人，有些脆弱，有些迷茫，也有开心的时候。我常常给自己评价：我不是一个本分的人。很多时候，一方面因为收税需要和形形色色的人打交道，一方面思考着如何才能写出打动人心的好文章。疫情过去，我很想写出一篇文章，有这么一些关键词：战"疫"、隔离、逆行者、志愿者、坚守、清零……我不是炫耀，只是想告诉你，我只是一个业余写作爱好者，虽然是中国作家协会会员，担任过县作家协会副主席，但是每当别人叫我"作家"时，我黝黑的脸就会发红，因为我心里一直固执地认为，"作家"这个词是非常神圣而庄严的一个词，要有社会责任感，笔下的文字是能够让自己的读者向上并向善的。

记得早些年曾经当过民办教师的母亲对我说："海子，你记住，你喜欢写作，那是你的优点也是你的名片……"母亲说完，眼神里充满了骄傲。

"你喜欢写作，那是你的优点也是你的名片"——看似生活中一个普通的道理，但仔细去品味，里面却有许多人生哲理。我把这句话作为母亲对我的教诲，也正是这个教诲，让我在收税之余，坚守做人做事的生命线。只有在写作的时候，我才会觉得那是我。写作对于我而言，就是我的生命。纸短情长，写作之外，偶得一切见闻趣事，都使我悦然放纵，一切风景，似乎都变成了未来的童话和可追忆的往事。

春风拂面，我在等你，摘掉口罩，在一个季节里，流过鸟语花香。那时非常欣喜，岁月如风，唯真挚情感留下的凭据，不会被吹走。

在大多数人禁足宅家的日子，浮躁得以沉淀，心性得以沙汰澡雪。人在旅途，匆匆忙忙，疲于安身立命，难得自我检视反省。因为疫情，少出门，少聚集，少聚餐，这样我们有了真正属于自己的时间空间，能够在纷杂的氛围中得以超脱，让心脏平静地呼吸，让心智理性地回归，清醒整理心绪，静心回顾既往的心路历程，反观走过的步履展痕，从而弥补过往的迷失缺憾。

风微凉，看细柳依依摇来春意阑珊。多情的风，迎接这缠绵的季节。你我同心守望相助。风里雨里，你一定知道我一直等你。

春天的颜色是绿色，是长流不息的灵泉，在大地上铺展出生命的斑斓。在战疫的日子里，我被白衣执甲逆风行的英勇壮举所感动，被祖国波澜壮阔的战疫宏图所震撼。

"岂曰无衣，与子同裳""逆行不独行，隔离不分离"……这些写在白衣或物品上的赠语留言，于无声处家国情，触及我们的灵魂。

明知会有生命危险，却争先恐后报名写请战书上战场的全国四面八方的医护人员。

那些被汗水浸泡苍白皲裂的手、那些剪掉长发甚至剃成的光头、那些七八个小时不吃饭不喝水地从死神手里抢夺生命的勇士、那些裆中的纸尿库、那些半夜累极了靠着就睡着了的身影……

四

你不能不知道，在这场疫情中，有多少人在奋力地拼搏！有多少人在舍生忘死地抗争！有多少人在患难中相守相扶相助！

我热烈期盼，每一滴眼泪都不应被辜负，每一滴汗水都应该被珍惜。

还有很多很多令人泪湿的感人瞬间。那些逆行者的身影，总是让人泪眼蒙眬，总是让希望熠熠生辉。

待花开辟散，你平安凯旋，摘下口罩，定格你最美丽的笑容。

这就是我们可亲可敬的逆行者，有多少悲伤就有多少坚强，有多少苦难就有多少生生不息的力量。

"路上的车和行人都多起来了，我们的付出终于有了成效。"冲锋在战"疫"一线、昨日从武汉凯旋归来的年轻医生燕子发来微信和图片。她觉得，人们从最艰难的日子挺了过来，扑面而来的生活气息让她感到温暖和欣慰。

三江同源，千里同心。全国援鄂的医疗队陆续撤离回家，英雄返程归来。这些逆风而行的英雄去时春寒料峭，疫情肆虐，他们归时，春光正好。仿佛一夜之间，春暖花开。

春天真切地来了，疫情逐渐向好，美好的生活已经重启。

你们奔赴战场正值寒冬，归来已是春暖花开。山河无恙，人间皆安！致敬，那些在抗疫一线不惧风雨、英勇奋战、奉献坚守乃至献身的英雄！

爱是一种力量，它让人们不畏生死；爱是一种信仰，它让全国人民万众一心；爱是一种能量，它让罹患者不惧病毒；爱是一种希望，它让香气洒满人间。

这个春天不比寻常，宁静里含伤痛和悲怆，一些人把生命埋在了这个春天的序曲里。

请让阳光透过窗户，真正的照亮阴霾。用一颗感恩的心去对待别人，你将会发现，生活中因有了感恩的心而增添了欢笑、快乐、真诚……生命在枝头开出微笑的花朵。

当春花怒放，春木蔚然，只愿等到那一天，我们盛装迎接春日和煦的暖阳。

微笑开始在春天发芽。洁白的口罩，难挡春天。众多的战"疫"故事温暖着这个不平凡的春天，战"疫"的力量鼓舞着我们一往向前。是啊，太多的人生故事也缘于此。

三月小城，早已繁花朵朵。在春阳的照耀下，一簇簇黄澄澄的油菜花香气扑鼻。微风吹拂，花丛泛起一轮一轮的金色波浪。

在这个庚子年冲出来的春天分外珍贵，用生命换来的春光每一寸都值得我们分外珍惜。疫情过去，渐渐明白，记住人生历程中曾经帮助过你的人，也记住生活给予你的每一缕善意的微笑，或者每一份源于心底的感动。

卷六

我·我在等你

你内心的丰盈，

一定是岁月给予不慌不忙的一份馈赠。

远去的老爸

一

如今我的内心只有一个季节，是冬季。

无论躲向哪里，这个季节都是寒意。四季的变化就像人心那样冷暖不定。你有你的美丽，我有我的忧伤。

子欲养而亲不待的痛苦让我真真切切经历了。

时光流转，2018 年 11 月 30 日上午 9 时左右，医院的张医生突然打来电话，传来了一个令我今生永远痛彻心扉的消息，我的老爸病危了……

猝不及防。犹如晴天霹雳！当时正在县委党校参加培训学习的我懵了，眼前一黑，手里的手机差点摔落地上。一时间，我怎么也不敢相信这个消息，昨夜还在病房陪着老爸，一大早护士小慧还给老爸抽了四针管血拿去化验，然后，我像以前一样把四五种药片碾碎通过鼻饲管给老爸喂服了进去，同样，护工阿姨也通过鼻饲管熟练的给老爸喂吃了一碗流食早餐……

心急如焚，恨不得插上翅膀，马上飞到老爸的身边。还好，出门打的士，一路狂奔，不到十分钟时间，我就匆匆赶到医院，此刻病房里一片肃穆，主治医生、护士长、值班护士、护工，她们都在。张医生把我拉到一边声音有些沉重地告诉我，恐怕这次老爷子挺不住了。然后，她小心翼翼地征询我的意见，是在医院，还是回家——我强忍住眼里涌出的泪水，用双手抹了抹脸，哽咽着只说了两个心碎的字：回家。

那个时候，感觉周围的一切在我眼前都黯然失色。我的心在滴血，暗暗叮嘱自己不能乱了分寸。在医护人员的全力帮助下，医院120救护车开来了，立即把处在弥留之际的老爸送回了他在北关菜市场旁边的老屋。那些年，老爸老妈进城生活，选购了处在老城的一个单位的家属院一楼的一所宅院，单独居住，没有和我们住在一起，怕打扰我们。这样一来，老两口生活倒也安逸。这是一所普通的宅院，比较简陋，院子里种植一些花草，这是他多么熟悉的老宅。从乡下进城里来，先后搬了三次家，没承想这里是他最后的归宿。二老平日生活在这里，既宁静又热闹。宁静只是相对而言，这里居住的大多数是离退休的老人，没有大人小孩的叽叽喳喳；再又说热闹，主要因为这里紧临菜市场，商品物美价廉，又是老城区，人声鼎沸，叫卖声、吵闹声整日不停，喧闹极了。

时光啊，请你慢慢走。爸啊，爸啊，请你千万不要离开我们呀。我暗暗祈祷上苍。苍天无语。不一会儿，正在医疗室输液的白发苍苍的老妈在熟人的搀扶下赶来了，几年前被提拔交流到淮滨县税务局工作的弟弟驱车火速赶来了，叔叔伯伯舅舅姨婶们不顾年老体弱纷纷赶来了，堂兄堂姐堂弟堂妹、表哥表姐表弟表妹也从四面八方赶来了，稍晚些时候，在省城郑州工作的姐姐姐夫、在首都北京的老姑和小表妹素静、在鹰城平顶山的叔叔以及李家孙辈们等闻讯，或乘坐顺风车，或乘坐长途大巴，或乘坐高铁，或开自家车，陆陆续续都赶来了……大家赶来都想要在最后一刻见上老爸最后一面！

风中之烛将尽，泪难干。爸啊，爸啊，我们俯卧在你身边不停地对你大声呼喊，那声声呼唤直戳人心。终于没能留住，抚摸着老爸渐渐变冷的身子，怎不让我悲痛欲绝。血浓于水，父子连心啊！

人世间最痛苦的是，莫过于亲人在你面前慢慢离去，你却无能为力挽回。

老妈羸弱的如一根飘摇的草。她在屋里走来走去，从这间屋走到那间屋里，一直不歇，眼泪流淌个不停。唉——她长叹一声，现在生活好了，刚过了几年的好日子，再多活几年，等孙子们都成家了，走了也就放心了……

老爸没有等到那一天，他静静地躺在老屋，听不到亲人们的呼唤，在亲人、乡亲和领导、同事们的盈盈泪光中，永远地离开了这个让他老人家牵挂了一辈子的家和毕生钟爱的税收事业。他走的时候很安详很平静，像进入深度睡眠状态一般。我知道，离开对于他来说是幸福的。

终于，老爸可以不必再承受肉体的痛苦。

二

我们围在老妈身边，听她哽咽的诉说。

那是 2017 年 10 月 14 日晨，老爸罹患脑出血，当时陪伴在身边的只有老妈一个人。他口吐白沫，呼吸急促，大小便失禁，在很短的时间内不省人事……老妈是豫南农村一位普通妇女，没有见过多少世面，见此情景，顿时惊慌失措，在慌忙中联系我们兄弟无果，竟然不知道拨打 120 电话去求助，或让邻居帮忙也行啊，可是，她选择了在家里静静等待。也许，老妈根本没有料到老爸这次的病患得这么重这么猛，认为他只要再坚持一会就会恢复过来……我不知道老爸发病的时候，在生死一线间经历了多少次痛苦的挣扎，那一刻，有多痛！那一刻，有多伤！

生死关头，几个小时后，我和弟弟得知消息匆匆赶来紧急把老爸送到县医院抢救。一位当医生的堂兄辈安慰我们，他故作镇静：天无绝人之路……

我们心绪放松了些。

于是，选择县里两家最好的医院，在头一个月的时间里，老爸前前后后经过两次开颅手术和无数次的抢救治疗，饱受太多的疼痛，命算是留住了，可他始终没有醒过来。我们不甘心放弃，多次尝试各种治疗方案。那段日子，太揪心，太憔悴。百善孝为先。虽然有医生、护士、护工精心医治和护理，我们兄弟姐妹在妥善处理工作生活的同时，从未敢远离，整日轮流陪伴在他的身边，给他翻身、擦洗，端屎端尿……

春去秋来，不知不觉间，已是枫叶染红了天。维持老爸的生命转眼已满400个日日夜夜啊！在这些日子里，我们有多少话要向他老人家倾诉啊。

闲暇之时，翻阅老爸的手机通话记录，我不禁泪水涟涟。

老爸在突然患病的那一刻拨打的电话，拨出的第一个号码是我的，第二个是弟弟的，第三个是姐姐的。大概他在还清醒的时候下意识地拨出这三个号码，接着就昏迷了……原来在他生命清醒的最后一刻，没有忘记自己最亲近的人——他疼爱的子女们。

遗憾的是，当时我们的手机不是处于关机状态就是处于无信号状态，无情掐断了我们父子之间的最后通话，也残酷地终结了老爸亲切的话语声。情何以堪！这也是我们姐弟三人今生最大的痛最大的伤。每当面对他老人家轻薄如纸的身躯和身上的各种插管，悔恨和愧疚之情时常涌上我们姐弟的心头。

我一边翻着，一边泪眼婆娑。

天可怜见。我之心戚戚然，惶惶不可终日，夜不能寐，多想时光回到从前，有老爸相伴的日子。

病来如山倒，病去如抽丝。尽管如此，我们从没放弃希望。回首那些焦急等待的日子，虽然经历了各种坎坷与波折，但我们都始终相信老爸会苏醒过来，甚至还会下地行走。

盼来盼去，奇迹最终并没出现，一年的时间过去了，老爸始终没有醒来，渐渐呈植物人样，更不能辨别亲人，自始至终没有开口说一句话。这一结果，让亲人痛苦不堪。老天爷啊，你太不公平了。

爸啊，爸啊，我悔我怨，今生今世，孩儿再也无以报答你的养育之恩。辗转轮回，老爸在树叶飘落的季节逝去，如叶之零落破碎，我的天空失去颜色。俯首一声声悲，云淡碧天如水。不是孩儿心狠，打心眼里来说，这样也好，你的灵魂可以去往另一个没有病痛的美丽世界。豫南这个冬季不太冷，无风，少雨，无雪，少霾，我却觉得这是个忧伤的季节。这是否与我的老爸离去有关，不得而知。不过，他的突然离世，把我们隔离到了阴阳两界，瞬间将欢情推离一边。作为家中长子，我悲痛万分，伤心欲绝，心中对老爸有太多的思念太多的不舍。我披麻戴孝面向老爸的棺椁，长跪不起，泣不成声。

三

在人生的沙漠里，老爸之所在，就是我随时可以解饮的清泉。即使我走到天涯海角，远在千里他乡，父爱的光辉永远照亮我的旅程，温暖我的心。我今生欠老爸的，再也无处偿还，只能空留一腔悔恨。

爸啊，爸啊，我有太多的话儿要对你倾诉，你抚养我长大，我陪你终老。天堂，人间，相隔如纱，竟却造成我永远不可能实现的奢望。

人的生命是有限的，都有老去的时候。一路雨水，一路风吹。一路跪拜，经过一路的山脉。阴阳永隔，企盼我的老爸在另外一个世界过得平和安详。秉承你的遗愿，三日后亲人们护送你的灵柩把你送回了乡下的老家，按照像南家乡的风俗，选了一块向南的荒地，作为你的长眠之地。轻风吹动周围的花草，聆听最原始的声音，那是接近你生命初始的地方，那里没有任何的喧嚣，更没有世俗的烦恼，但愿那是块风水宝地，可以作为你灵魂的栖息地。你的身躯将在这里归于尘埃。

村口，早已有许多乡亲在迎候。

下葬的时候，天又下起了绵绵细雨，看，老天都流泪了。

养育我的人，如今在哪方？我们这些儿女把哀乐声压得很低很低，也无法掩盖这初冬的寒气。

心痛已极，泪流满面。我被亲人搀扶着，哭泣得几度昏厥。再哭也唤不回我的老爸。我有许多话要对你说，也只能跪在你的墓前含泪倾吐心曲。老爸，你安息吧。我辈期盼你老在天之灵护佑你的子孙后代平安安安。你睡着的时候，就回到了故园。泥土上，风吹草动。在颤动的花草间，我仿佛闻到了你的呼吸。

焚香，我用无悔，刻永世爱你的墓碑。为了看你，余下的日子我会无数次再来。

炊烟依旧，晕染南山。琴声幽幽，笛声远，夜色如水，难入眠。曾经有人说，父爱像河水一样没有尽头。也有人说，父亲是世界上最严肃的那个人，也是最孤独的那个人，在这个世界上最难懂的人就是父亲，他一边教育你勤俭节约，一边偷偷给你零花钱……在这个世界上，爱你最深却又不表达的人，就是父亲。这些饱蘸深情的话语是多么贴切呀。

爷爷奶奶一生育有子女十个，在 20 世纪战乱不停的岁月和建国后物资匮乏的年代，老爸的前四位哥哥还没有长大成人就离开人世，第五个哥哥，也就是我的大伯父侥幸长大，参加工作后，在六十年代被人诬陷遭受了近十年牢狱之灾，二伯父因家庭生活困难只好过继给了参加过抗美援朝的我二舅爷。这样，1944 年 8 月出生的老爸就成了家里的顶梁柱，因为他后面还有两个妹妹和一个弟弟。为了一家老老少少的生计，爷爷在世时只能露宿街头在小镇上摆摊设点做些香蜡纸炮的小本生意。在过去，人们讲究家庭出身，老爸属于所谓"小商贩"的儿子，注定痛苦比别人要多，入学、参军无望，过早地体会到生活的不易。没事时发发牢骚可以，但再不开心，也要努力把苦痛的日子过成繁花似锦。在 1966 年，老爸比起同龄人来就幸运得多，经过招工，他成为平顶山矿务局第十一矿一名煤矿工人。一个人撑起一个家。在煤矿工作了近十五年后，即 1981 年，他被调回故乡从事税务工作，从税务专管员做起，当过税务所会计、副所长，县税务局和县检察院共同设立的税务检察室副主任……国税地税分设后从国税局退休。从国有大型煤矿的一名技术员到家乡的一名收税员，个中辛酸只能自己品味，但老爸心中是"简单而满足的幸福"，他甘愿过着平凡而又平淡的生活，没有豪言壮语，有的只是真实到骨子里的朴素。这种朴素，让他用心守护自己的工作、家庭与爱好。这种持续一生的朴素，便是不凡。岁月缓缓流淌，他秉承豫南人吃苦耐劳的性格，经历了人生太多的冷暖，因此，他善良平和乐于助人，又特别重感情，能帮一定帮，对纳税人，对同事，对乡亲……只要有人上门求告，他在自己力所能及的情况下一定竭尽全力相帮，绝不推辞。人人心中自有一杆秤，老爸天生的热心肠，与人相处无压力，赢得远亲近邻的称赞。

微笑过往，只道是平常。有这么一位受人尊重的老爸，我作为他的孩儿，心里理所当然乐开了花。学问不高的老爸，是朴实的，平时不爱打牌钓鱼，省吃俭用，却总是喜爱买书订报，不仅收藏有《三国演义》《西游记》等古典名著，竟然还有上千种其他各类书籍，旧时月光铺满了书页。值得一提的，他每年都订阅《参考消息》《半月谈》《新天地》等报刊。他知道我在收税之余喜欢读书写作，曾经多次鼓励我，当才华撑不住野心的时候，就静静地读书。我很幸运，一路走来，一路芬芳，我的文章在全国报刊上"遍地开花"，文学温暖了生活。在这里，不得不说的是，在老爸离去的当天中午，邮政投递员还如以往一样送来了刚出版的《新天地》2018 年第 11 期。这期杂志静静地放在案头，谁也不忍心拿起来翻阅。刊物依旧在，订阅的人已去。这一情景，令在场的人无不唏嘘。

站在岁月的渡口痴痴望，情丝总会不自觉地在心间蔓延。在为人处世方面，老爸总是意味深长地告诫我们姐弟三人，要心存感恩，人都有困难的时候，想要别人怎么对待你，你就该怎么对待别人。他虽未说出送人玫瑰手留余香这样优美的话来，但我们都能知晓他的那颗慈善之心。从老爸那里得到这个道理，心存感恩，就是把自己的生命与另外一个值得报答的人或事物联系在一起了。心怀感恩之心，四季温暖如春。漫漫人生路，只有这样我们才不会孤独。

四

岁月如风过。风里有花香，我们身边有最爱的人。我们应该在父母身边站成一棵树，开满一树感恩的花，年年岁岁，感恩无终。

温暖的阳光下，很想将心情掏出来晾晒。

往事只能回味，岁月老人都历历在目地见证着。总以为一颗坚如磐石的心，足以抵挡岁月的无情洗礼。任凭雨打风吹，都不能开启灵魂深处的心扉。

重阳节出生的我，任性顽皮又固执，自打儿时记事起，就没让爸妈省心，尤其我在上乡中时，因学习成绩不好，又调皮捣蛋，学校不愿意接纳我这个"坏学生"，尚不懂事的我则赌气偏要上这个学校。我的犟脾气上来了，就是九头牛也拉不回去。爱之深，责之切。老爸拿我没有丝毫办法。我一脸苦相，在严厉斥责我一番后，他就答应了我。那段时间，他下班回到家里，时常沉默，寡言少语。听老妈说，老爸不是很擅长表达爱意，喜欢的不喜欢的都能记在心里。为了让我顺利入学，从不弯腰求人的他也只能放下身架三番五次找人帮忙，才使我没有早早辍学。接到入学通知书的那会儿，我高兴得差点儿蹦起来。

心若有梦，何畏远方。小时候我对绿色的军营充满了向往，最大的梦想是当一名光荣的解放军战士。

那一年春，又到了征兵季，未满十八岁的我，嚷着非要去当兵，老爸知道我身子弱，心疼我，已提前托人把我安排到县麻纺厂当正式工，在20世纪90年代这可是挺让人羡慕的工作。可我偏性子又上来了，偏不去麻纺厂，一心一意想去参军，当兵是光荣的。当时南部边疆还有战事。我不明白家人的担忧，执意要当兵。老爸别无选择，最终拗不过我，只好再次求爷爷告奶奶，从小镇到县城，来来回回奔波无数趟，经过他的精心安排，终于让我如愿以偿，穿上渴盼已久的绿军装。在老妈泪水和老爸深远的目光中，我踏上了北上从军的军列，应征入伍来到千里之外的刚经过南疆硝烟洗礼的一个英雄部队，成为一名光荣的坦克兵。在火热的军营里，燃烧我的青春我的梦想，不仅加入了中国共产党，还荣立了两次三等功……那是献给老爸老妈的"成绩单"。记得离开家一年后，穿着一身得体的新军装肩佩戴着列兵军衔的我英气逼人地出现在老爸老妈面前，老妈爱怜地一边拍打着我的胸脯，一边哽咽着对老爸说，海子没有瘦，比在家精壮多了，部队真是个锻炼人的地方。从未表扬过我的老爸，那天竟然破天荒地拉着我的手让我坐下，顺手递给我一个红彤彤的苹果，见我啃了一口，一向严肃的他满脸笑意，说，你小子脱胎换骨了，终于长成一个棒小伙儿，没给老李家丢脸。今天想吃啥，喝啥，尽管说，咱爷俩喝上一杯。听起来既郑重又亲切。老爸待我像客人，我心里如吃蜜一样甜。

花开又花落，梦回吹角连营，三年军旅岁月倏然而过。铁打的营盘流水的兵，我退伍回乡，脱下军装换上税服，成为家乡一位收税人。老爸尤其高兴，子承父业……记得他送我到离家百里外的一个山区小镇税务所上班那天，阳光下，我看见他渐渐显露的白发和深深的眼窝，他穿着税服站在街头，不停地挥手。

痴情于税收。我是幸运的，一路走来，顺风顺水，朋友都夸我棒棒的，可他们哪里知道，这一切都离不开老爸在背后的苦口婆心的循循教诲。他常常说，人生经得起逆境，才能学到很多东西。

一路走来，嘘寒问暖。老爸总是这样，将最好的、最温暖的爱，留给了我们。朋友多次羡慕地对我说：你有这样的老爸，真好！

岁月催人老，老爸的脸上和手上逐渐布满了皱纹，头上的白发也越来越多，眼睛也开始模糊不清了，渐渐体会岁月的无情。他把最好的一切都给了我们，我们长大了，他却老了。父亲的爱，是博大精深的，是不拘小节的。父亲的爱，总在我犯错误时，给予我正确的指导；父亲的爱，总是在我遇到难题时，给予我正确的教导。如果说母亲的爱如水一般深远，那么，父亲的爱就如同山一般的厚重……每每想到这些，我的心头总是一热，备感温暖和踏实。

记忆中的碎片，清晰如昨。

雪白的灯光，洒满了一屋。安静、温暖，就像冬季的太阳照在原野。

暮年之时，岁月却不善待。父母呼，应勿缓，父母命，行勿懒，父母教，须敬听，父母责，须顺承。所有这些，再也做不到了。已是75岁高龄的老爸离开了我们。我依栏眺望，仰天长叹。生我养我，恩比天高。现在生活水平条件提高了，人们更加注重养生保健了，可一向身体健康的老爸却承受了那么长时间病痛的折磨。我内心深处多么渴望老爸再多活些年头，然后无疾而终……

眺望人间烟火，十一月的风，似慈悲着你我。

五

点一支老香，泪湿衣裳。

平时繁重工作压身，找不到快乐的出口，但我的身后是老爸老妈一生相伴的亲情。

邀明月，让回忆皎洁。伸出一双手，去感怀那岁月，让深情的目光穿过千山万水，穿过层峦叠嶂。生命好像大海，我们每个人都似海中的一朵浪花。那天傍晚，我独自行走在河边。寒风凛冽，细雨蒙蒙，天空失去了阳光，大地变得异常凝重。柳岸、竹林、桃园已毫无生机，河床里清清的河水和望不到头的蜿蜒沙滩被杂草和垃圾覆盖，这一切让人心生感慨和凄凉。似乎是在有意触动我的伤怀。

"逝去的终将逝去，请不要悲伤，心到神知……"有位朋友发微信过来安慰我，"当现实不能改变，我们只能学会坚强。花开花落，世间万物都有始有终，生老病死属于自然规律，请不要伤心，生活还要继续，请注意保重身体啊。"

我憋了数天的泪水，奔涌而出。

我立即回复朋友："在老爸离去的那段日子，虽然悲伤没有逆流成河，但我心情也没有十分低落。谢谢你们抚慰我悲伤的心灵。"这些年来，从部队到地方，北上南下，当我离开了故乡，往日在故园生活的情景时常在我的眼前浮现，乡音在耳边萦绕，乡情在心中牵挂。我才发现我无论走到哪里，生命之根永远深扎在故土里，那里有我对故土的深深眷恋。

初冬十一月，天地萧瑟，就算是最高的山峰，也会陷于日落后的沉默。

在我心中，老爸没有走远。人来人往，鸟儿飞翔。有那么一刻，我仿佛看到了老爸坐在老家院子里的旧木椅子上晒太阳，阳光柔柔的，洒下一地金黄。我坐在庭院里捧着一本文学杂志爱不释手津津有味地品读着，老爸就那样微笑地远远看着我，一直看着我，似乎在分享我的快乐，目光里充满了无限慈祥，仿佛我心中的山水，他都能看到。此情此景，我心生温暖，不好意思地笑了。

我们曾如此渴望命运的波澜，到最后才发现，人生最曼妙的风景，竟是有亲人陪伴在身边。我明白，前方有花香、有鸟鸣、有笑语，那是希望、信心、憧憬。风从故乡来，让我们去感悟和领会这世间的美好……

那一天，我又回到魂牵梦绕的老宅，里面的一切依然如故，没有人来惊扰这里。爸啊，爸啊，你可知道，沿着星辰坠落的方向，我用目光把你的岁月往事回望；顺着清风掠过的方向，我用泪水把你的音容笑貌收藏。老爸，孩儿多么想陪你聊聊天、散散步，给你捶捶背、按按肩。

冬天到了，身后深浅不一的脚印，眼前光秃的枝丫，却让我感到每一个季节都永远地泛绿。倾听生命的颤音，就这样，在大地葱茏的芬芳里，写下我对老爸无尽思念的篇章，朝思暮想，从未停下。你的微笑，我的眼泪。离开老宅的时候，曾记录下自己当时的心境：当我隔着车窗看着渐渐远去的老宅，一种难以名状的情绪涌上心头。若干年后，这里早已不是一处住所，它象征着美好的期待与亲人的挂念。

人世间多喧嚣，在时间面前，一切终将释怀。老爸，如果有来生，我还愿做你的儿子。

藏在身边的母爱

蝉鸣在盛夏的时节骤然弹起，每一声鸣叫都温润而悠长。母爱一册古老的书简，在生命里悄然打开，可曾有一双玉手拾起翻阅？

风搬动浮云，阳光在草尖舞蹈。往事如昨，春秋歌乐。

卡耐基在《人性的弱点》中说：感恩是极有教养的产物，你不可能从一般人上得到，忘记或不会感谢乃是人的天性。

这繁华尘世都在看着我们呢。娘啊，我想对你说，你像是世间最温柔的风。

杨柳依依，烟水葱茏，和煦的风，从古城的墙头拂过。喧嚣尘世，人生有太多的不易，不要笑话别人，家家都有难念的经，人人都有难唱的曲。对于我的父母来说也是这样的。

多年前，崔家有女初长成，像一朵婉约的花。数年后，她成为了我的母亲。母亲二十岁前一直生活在豫南张老埠乡一个叫"人主"的村子里，村里修建有人文始祖伏羲的庙宇，该村因而得名。经过媒妁之言，母亲和父亲成亲后，就去了三十里外千年风情古镇郭陆滩的一个村子。1981年父亲从平顶山矿务局十一矿调回家乡，先后在小镇税务所、县税务局工作。母亲一直没有工作，似乎一辈子摆脱不了家庭妇女的身份，她和有工作的父亲相比，自然而然觉得自己矮了一头。

父亲和母亲的感情，如同家乡的腊味火锅，味重而绵长。父亲退休之后，虽然身体依然健康，出门的日子却一天比一天少。长年奔波劳累加家庭生活的重负让老爷子脾气越来越暴躁，而母亲，一直是我们心中的太阳，带给我们无限的温暖与慰藉。

自嫁给父亲后，母亲相继生下了姐姐、我和弟弟，我们姐弟仨，加上她始终没有谋取一份得体的工作，像大多数豫南家庭妇女一样，平常的日子，相夫教子，与世无争，一直谨小慎微地活着，时常提醒我们不要惹父亲生气，家庭和睦才是主要的。母亲像老母鸡般把儿女深藏在羽翼下，细心哺育、如影随形、百般呵护，从来都那么执着而坚定。

前些年土地分家到户后，母亲时常在田间劳作，种些玉米、小麦、红薯，生活渐渐才有所好转。秋天上山采种，冬天砍草整地，春天育苗栽树，夏天砍灌护苗，母亲一年到头似乎都有干不完的活儿，看着我们姐弟仨健健康康成长，她浑身好像有使不完的劲儿。

小时候，留给我印象最深的是，那些摇着拨浪鼓走村串寨的货郎。他们总是一副不紧不慢步伐坚实的样子。而我们的母亲，经常用家里的破旧的塑胶鞋底、塑料纸、鸡毛鸭毛、破铜烂铁等旧物换他们货担上的针头线脑，还有让我们嘴巴馋得流出口水的麦芽糖。

流水穿过光阴，钩住岁月的颤栗和疼痛。那年月平头百姓能安安生生在家的，怕也不多，还得为衣食住行生计奔忙。父亲有份工作，虽然每个月都能领着工资，但上有老下有小，家庭生活负担非常重，收入早已入不敷出。母亲在我们很小的时候就开始用挑子（扁担）挑两个箩筐在街头摆地摊，卖些生活日用品，做小本生意，赚些零花钱贴补家用。在小镇的集市上，风里雨里，都有母亲的身影。每到周末或者假期回家，我就来到母亲地摊前，罢集后我就帮母亲挑挺重的挑子，母亲心疼我，就说我还没有挑子高，就不让我挑担子。有时候下雨了，我就在雨中撑伞陪伴母亲。无论是严寒酷暑，我都毫无怨言。以至于多年后我们姐弟三人陆陆续续参加工作，家里经济状况好些了，母亲腿脚又不是很灵便了，所以她才没有再去摆地摊了。

时代涌潮，岁月如歌。如今日子越过越好。苦难，是幸福蹲在一旁的兄弟。那段艰苦而又温馨的日子，总让我们记忆犹新，回味悠长。

母亲是我们这个家庭的主心骨。我们平时与母亲比较亲近，反而与有些古板严肃的父亲有点疏远。

很多的时候，我们是故意这样做的。通常情况下，母亲看到这种局面是十分着急的。她暗中指教我们，你们姐弟工作不繁忙的时候，到了周末就赶回家，或者打电话回来，有事没事地叫一声老爸，多与父亲说说话，聊一聊，陪他开开心。

每当听到母亲的劝说，我就伸了个长长的懒腰，假装一脸委屈地对母亲说，知道了。

父亲是个倔老头，脾气犟，但却是个热心肠的老人，亲戚或邻里，对他评价一个字：好。

往往有那么一瞬间，我偷偷看一眼父亲，微笑荡漾在他的嘴角。

看来每个人都喜欢被人表扬的，包括一向严肃认真不苟言笑的父亲也不例外啊。

平日里，父亲喜爱看书读报，我秉承了他的这个优点，所以每次回去，我就带些诸如《今古传奇》《半月谈》《参考消息》之类的报刊。哪怕父亲只是沉重地应一声或者说一个字，母亲的心情也会轻松一点点。

母亲有个特点，说话声音大，而且是急性子，有时看起来脾气不太好，但内心却足够善良，没心眼，心肠软。你拿真心对她，她能把心掏出来给你。母亲有时也会说，自己这辈子除了吃奶时可能撒过娇，再往后就不知道女人除了任劳任怨还应该撒娇装嫩。这就是我的母亲。她像明净的湖水一般清澈。

有时母亲怀抱心事，像影子抛进生活，在往事的细节处，檀烟如丝。按照豫南传统习俗，"爹亲叔大，娘亲舅大"。姥爷姥姥早已过世，舅舅还在，便成了我们精神上的一个寄托。我有四个舅舅，大舅去世后，现在往来还有三个舅舅，其中两个舅舅住在乡下。春节过后，母亲总是催促我们把车子油加满，顺便多捎带些烟酒水果上门给舅舅们拜年。

她怕我们以工作忙脱不开身为由不去乡下的舅舅家。其实这已成为我们必须要去的。

往往在现实中，又有多少人可以做到这样呢？

母亲用她那瘦弱的肩膀，扛起家的脊梁。而母亲一直的付出，却总觉得那是理所当然，甚至有时候还觉得烦。其实在这个世界上，没有谁一定要对谁好，即便是父母也没有这个义务，一切的好都是源于父母对我们的感情。父母对我们倾注的感情，一定是这个世界最伟大的感情，简简单单却又淳厚深沉。

蔚蓝的天空中，谁最快乐？是鸟儿，因为蓝天给了鸟儿一片翱翔的空间，可以自由飞翔；浩瀚的大海里，谁最欢畅？是鱼儿，因为大海给了鱼儿一个广阔的世界，可以任性欢跃。而在我的心灵深处，最快乐、最欢畅的，则是在母爱相伴中渐渐成长、成熟。

春秋冬夏，花开花落，跋涉在红尘中，免不了滚打爬摸，跌跌撞撞，一路聚散离合难免，荣辱成败亦是家常。唯有用一颗素雅之心，看淡尘世浮华，笑纳风雨坎坷，不管是鲜衣怒马还是枯灯残荷，都该从容面对，不惊不乍，沉稳如水。我们家充满幸福的味道。

家乡的小河——史河，日夜欢快流淌不息。河水波光粼粼，浅草微微浮动，橘黄色的夕阳像母亲一样满怀柔情。

人生，缘始于"遇见"，情长于"陪伴"。陪伴是温暖人心的力量；陪伴是最长情的告白。愿望与现实总有些距离。大多数情况下，我们有自己思维，知道自己所在的那个位置。脑子里总是有另一个声音，就像一个温柔的提示音，提醒自己的"存在"。牵挂，让亲情多了温暖。我们忙于生活、忙于工作、忙于交际和娱乐，难得有时间想一想自己，也难得有时间陪一陪年迈的父母双亲。前几年不是流行一首经典歌曲《常回家看看》吗？道出了天下子女们的心声。母亲时刻牵挂着自己的儿女。即便生活在同一个小城里，母亲的心也是随着我们的离开提起来，又因我们的平安归来才稍稍放下。

时间就像个冰冷的刽子手，不会因为父母的苍老而手下留情。

花的璀璨和希望，葳蕤泱泱，就像有深情的爱，就有带笑的泪水。长大了，工作了，成家了，回家的天数变得屈指可数，才发现能跟父母在一起完完整整的待上一天，已经变成一件多么奢侈的事情。

看庭前花开花落，赏天上云卷云舒，闲话家常，谈古论今。让淡雅的日子，氤氲着暖暖的母爱。春去秋来燕又回，经过了少年，度过了青年，转而到了不惑之年，通常总是风平浪静，被家人细心呵护着。蓦然回首，我渐渐开始恋家了。

母亲的皱纹是早已被掏空的故居。歇歇脚，只想搜寻多年的记忆，看看那村那街和老屋，想想儿时顽皮的往事，尝尝母亲制作的腌菜小菜。岁月长河，让我始料未及，有些事会都变得模糊，仿佛在云雾缭绕中一般，只记得林林总总的许许多多架在柴火灶上的大铁锅中炒出的农家菜肴，辣椒炒猪肝、野蒜苗炒腰花、萝卜干炒腊肉、山笋炒腊肠……现在想来，都是人间至味，以至于我退伍回乡参加工作在外地，这些年很少品尝过那些比母亲做的还可口的美食。

每次看着我狼吞虎咽的样子，母亲坐在一旁总是眯着眼笑着说，慢些，别噎着。

父母在，不远游。白发三千丈，每一根发梢都是思念。但作为收税人，岗位轮换，交流频繁，不得不一次次离开父母"远行"。不能为母亲端药请医，不能为父亲端茶倒水，不能与娇妻花前蜜语，不能与小儿嬉笑打闹，为了自己热爱的税收事业，我选择了别离。可是不管我走多远，都走不出亲人的视线与牵挂。父母含辛茹苦的抚养，时刻让我心存感激。

孝道，中国人的血脉。那一天，我坐在母亲身旁，用积攒稿酬的3000元买来的玉镯掏了出来，亲自给母亲戴上。母亲说，我半截子都埋进黄土了，你还乱花钱做啥。虽说如此，母亲的脸上却是欢喜的笑，像花儿一样绽放。在那个瞬间，我产生了某种错觉，母亲年轻时也一定貌美如花。

午后，邻居夫妇二人上门拜访。俩人弯腰对母亲鞠了一躬。女邻居柔柔地对母亲说，谢谢您，幸亏您老人家发现得早。

母亲说，人没啥事就好。

见我一脸迷惑的样子，邻居夫妻俩笑着说开了。

原来是这样的。那是前几天的一天晚上，母亲给我们熨烫衣物，不巧熨斗坏了，她就去邻居家借熨斗一用，来到邻居家门口，见里面的电灯亮着，上前敲门。敲了很久，就是不见里面的人出来开门。按以往经验来看，这个时候邻居年近 70 的老母亲不会外出应该在家啊。

我的母亲顿时感到有些蹊跷，再说屋里灯还亮着怎么没有人呢？母亲越想越感觉情况不妙，再加上有些不放心，她情急之下就拨打邻居的电话。在几里外小吃街做烧烤生意的邻居夫妇接到电话立即匆忙赶回来了。

母亲的一个不放心，居然救了 2 条人命！

那天，邻居家的燃气热水器未关，煤气泄漏，导致在家的一老一少一氧化碳中毒，昏倒在地。好在发现及时，祖孙两人经过的抢救都脱离了生命危险……

我恍然大悟。

娘啊娘，你让你的儿子怎能不不为你伸出大拇指。

那几日，我待在老家，母亲迎来一位又一位乡亲，她也不嫌烦，总是笑脸相迎。看着大家和和睦睦，我的心情也有些小激动。

春夏之间的大别山，山青如黛，葱翠欲滴，茂林修竹，玉溪蜿流，山泉鸣琮，鸟语花香，松涛声声。岭上又见映山红，映红了这里的山，这里的水，这里的人。不同的岁月，同样的坚守。河水奔流，蝴蝶翻飞，那是一曲唯美的绝唱，风月无边。此花无日不春风。流风过耳，两旁的景物唰唰后退，我们一家人开始有说有笑，溢满温馨。妻子拿出手机准备给母亲拍个照，母亲却连连摆手慌忙躲开了……我站在一旁，忍俊不禁。往日时光浮现，仿若散落的珠玉般，顿时连缀成了一条汩汩流淌、潺潺述说的小溪，蜿蜒曲折地袒露在我的面前。

娘啊，你走过的路，坐过的地方，那些都是孩儿眼中百看不厌的风景，都会在孩儿心里成长为诗篇。面对母亲日渐苍老的容颜，我百感交集，思绪万端。阳光下的风，穿过山乡，穿过林梢……那是写给时光的信笺，我知道，在无寂静人处，你一定会舒展笑颜。

人不孝其亲，不如草与木，百善孝为先。不曾想岁月的手这么可怕。2018 年初冬季节，慈祥的父亲因患脑出血永远离开了我们。弟弟不忍心瞧母亲在家独自看电视消磨时光，所以每到星期天节假期，他就自驾车南下北上，载着母亲来了个祖国神州风光游。时间似乎可以冲淡一切哀伤，我相信，你是否也有同感。这让母亲感到十分欣慰。

转眼春来了，纷繁的桃花在阳光下开得格外喧嚣，密密层层，像一团团云霞映着充满生机的故园。百花争宠，花柔柳绿，春色烂漫，春情缱绻，春的气息渐浓。"春天怎能不外出行走？看风景去。"母亲对我们说，仿佛年轻了许多。是啊，草长莺飞，花红柳绿，正是郊外踏青好时节。

日子越过越好，好似甘甜的蜜枣。

那一天，母亲兴趣盎然走进家乡的西九华山、华阳湖、东部的安山……这些蜿蜒于江淮之间，襟带豫鄂皖三省的故乡景点，是千里大平原一个惊艳而凝重的"休止符"。天南海北，每到一个地方，母亲高兴得像个孩子，走起路来腿脚比年轻人还利索。令我们想不到的是，有一次去北京，逛长城，年逾七旬的母亲心不慌气不喘腿不软竟然爬到了"好汉坡"，那一刻，她老人家绽开笑颜，姐姐用手机的相机功能不失时机捕捉一个个生动的瞬间。

厉害了，我的娘。

当时，我那位富有才情的弟弟在朋友圈里这样写道：亲爱的母亲，你带我来到这个世界，我带你出去看世界。

杏花艳，桃苞香，柳如烟。在这个夜晚，天上有了月亮，有了星星，月光将母亲和我的影子拖得好长好长……母亲是一位普通的农村老婆子，时光清浅，你的故事孩儿讲不完，岁月灿烂了你的容颜，芬芳了我的诗篇，滋润了我探春的脚尖。花的艳，光的暖，柔和大地葳蕤的万物和生灵。

母亲，我总想把夏日的温暖送给你，让你一生都沐浴着阳光。

微风拂过，农家院外百花争艳，令人心醉。人间万物蓬勃兴起。母亲，世间所有的风景都比不过你在孩儿心中的美。任时光匆匆，我只在乎你。

尘世间，有些爱，只能止于唇齿，掩于岁月。母亲，我对于你，如鲸向海，似鸟投林。母亲，无论孩儿走到哪里，始终走不出你疼爱我的目光。

飘在小城的云

一

日子过得真快呀，转眼又到了天高气爽的秋天。

处暑之后，秋意渐浓。这时天上的云彩也显得疏散而自如，不像酷暑之时浓云成块。

秋日的美景正在大地上悄然出现，五彩斑斓，令人遐想。放下手头短时间难以干完的一些琐事，选一个丽日晴空的日子，轻装前行，携妻带子回到故乡，看望日渐苍老的老母亲，哪惧千里路遥遥。纵是相聚也是短暂。大多数时候，一家人围坐在一起，有说有笑，母亲下厨，尤其她做的富有豫南特色的腊肉火锅，香味浓郁，满屋飘香。舌尖上的味道，让我们小辈吃得津津有味。亲人相聚，团团圆圆，欢声笑语，人世间还有什么比这更舒坦呢？

人生多喧嚣，我总想给自己找一个安静的地方，在自己的小屋里让疲惫的心灵小憩，把那些人生的故事转换成文字，写在纸上，然后哼一首老歌，唱旧时的快乐。

那年夏天，天降横祸。傍晚时分，下班途中，我突然遭遇了一场莫名其妙的车祸。当时，路宽、车少、人稀，我骑着摩托车悠闲地行驶在回家的路上，在一个转弯处，红灯过后，有点分神，没有顾得上减速，"嘭"地一声撞向路边绿化带水泥护栏上，连人带车摔倒在地。车子没有撞坏，反而我的身子却被撞伤多处。我的右臂肱骨粉碎性骨折，手臂耷拉着不能活动。随后，我被送进了县城一家医院。经过一系列检查、消炎、消肿，确定手术治疗方案……

我走出手术室那天，蔫头耷脑，步履蹒跚。而且不到半天时间，手术伤口开始化脓，露出半尺长的口子，钢板裸露在皮外……痛得我头上直冒虚汗，坐卧不安。身体说没知觉，却像被剥皮抽筋，被推进刀山火海，被锯成两半，被油煎着……难受极了。

傍晚时分，请来一位懂医的朋友，他是小城骨科方面的权威。他捏着我的胳膊，仔细看了我的伤情，约半个钟头，然后毫不犹豫地对我家人宣告，我的手术竟然失败了，并且，伤口感染或多或少还与医生手术操作有误有关，等等。矛头隐隐约约指向主刀医生。

"别耽搁！"朋友的表情是压抑的，脸色是凝重的，笑容是勉强的。

万万想不到事情发展到这种地步！

此刻，我站在窗前，听到外面滴滴答答的雨声，身上起了凉意。

俗话说，打断骨头连着筋。

弟弟心疼我，他握紧拳头要去教训给我做手术的那位主刀医生。父亲息事宁人，急忙拦住弟弟，然后把我兄弟俩推进病房。他老人家告诫我们，得饶人处且饶人，要学会大度容人。这不，当个医护人员也不容易。去年有戴钢盔上班的护士，今年又有持铁棍看病的医生。末了，父亲叹了口气，医闹猛于虎啊。

作为他的子女，我当然知道从税务系统退休的父亲始终有一颗从善的心。

我制止了弟弟的行动。

望着走廊里那位主刀医生歉疚而又无助的眼神，我的心软了，对他说了声："没事，您先忙去吧。"他看了我一眼，有点犹豫，看着我微笑的表情，他释然了。待他离开后，我轻轻把病房的门掩上。

医院给我换了主治医生，并用上了最好的药物。可是几天过去，我的伤情始终不见好转，而且情况越来越不容乐观，犹如滞留于屋檐的雨滴一样，上不着天，下不着地，折磨得我生不如死。后来在骨科主任的建议下只能转院治疗。说实话，当时时值酷暑，室内室外温度高升。大热天，我真不想出远门。可是，我的伤情继续恶化，没人敢造次。我迅速打消了不转院的念头。

二

窗外似乎有花朵坠落，我心乱如麻，却不想听到这朵花心碎的声音。

在医生渐行渐远的背影过后，我看见家人的愤怒和悲壮，也看到自己的无奈和心殇。也许，这就是我的人生。在这个欲望横生的世界里，唯有睁大自己的眼睛。祈盼命运在七步之外，送我一支烛火，我能否幸运地像庄周梦见蝴蝶一样，半生皆浮云。

命运多舛。看着家人焦急的目光，我没有幽怨，更不想听到家人的叹息。可贵的是，经过熟人的热心联系，我被紧急转往有着"千年帝都、丝路起点"之誉的豫西洛阳，那里有一家大型正规的骨科医院。

父亲、弟弟，还有一位同事随行。乘车走高速公路，出城西，跑淮固高速连接线，奔大广，转宁洛，一路向西……

一路无语，心情怅然，怕去日也没了归期。时值炎热高温的夏季，因为伤口感染化脓，受损严重的骨头已泛灰色，周围的肌肉有溃烂的迹象，炎症已深入骨髓里了。

谢天谢地。当晚顺利入院，医生与我深入交流，结合我的伤情，他们建议道，如果再不及时重新做手术的话，前面的手术恐怕就前功尽弃。也就是说，再晚一点时间，我的右臂就保不住了，必须再次做手术，刻不容缓，否则可能要截肢……看着医生严肃的表情和不容商量的语气，我顿时蒙了！

撕开时光的脸，谁的泪水潸然。

绝望，心灰意冷，人生无趣？这些都在我脑海里一闪而过。如果没有痛苦，也就不会知道快乐。

也许不敢直面这个残酷的现实，加上接受以往教训，我急不可待同意马上手术。

家人和朋友也充满期待。

在短短一个月内，就这样我连续做了两次外科手术。

不幸降落在身上，我没有暗自悲伤，然后用歌声疗伤。经常用多年前的一首经典歌曲《水手》安慰自己：风雨中这点痛算什么，擦干泪不要怕，至少我们还有梦！

不得不相信医院，导演人间悲喜剧。

人性里有最真最善最美，这一刻我愿写给白衣天使。这里的医生医术非常精湛，工作非常敬业，在他们精心诊断、细心治疗和指导下，手术后我每天坚持做康复锻炼，虽然右臂依然打着厚厚的绷带。时光缓缓流淌，不经意间，日子轻轻巧巧地来，又悄无声息地去。忽然有一天，我情不自禁活动一下右臂，试着举起来，奇迹就这样发生了，右臂竟然可以伸展自如了。渐渐地，我顺利康复了。这个变化，让我震撼。因为右臂感染病毒，几乎要了我的命。在这里，也让我重生一回。

比空气凝重，比心跳缓慢。走出医院的大门，我深呼了一口气，仰起头，伸展一下自己的双臂，心中弥漫的是一种莫名的情绪。

劫后余生。三个月的病房日子如风飘逝。从炎热的夏，到有些凉的秋，就像做了一场大梦。再见了，那些难忘的时光。

太阳浮出云层，大地阳光灿烂。大街上，人潮涌动。唉，我们何时能远离这俗世的人生啊！花开花落，每一个季节都拥有每一个季节的繁华。风吹云动，生活或简单或繁华，生活依旧是生活。向前走，做更好的自己。我情不自禁顿生感慨，记得有位朋友给我发来短信：生存虽易，生活不易，且行且珍惜。

三

我回来了，浅笑开始弥漫。虽然不是踏花归来马蹄香，却也在属于自己的生命里。

推开小院的门，在院子里，年幼的儿子童童正在和小伙伴们追逐嬉闹，欢快的笑声，久久不散。年少不知愁滋味啊！我感慨万千。厨房里，母亲和妻子忙碌个不停，不一会儿，飘来久违的鸡鸭鱼肉的香味。堂屋里，满头白发已显苍老的父亲坐在藤椅上，戴着老花镜，翻阅我那本比国家领导人选集还要厚的住院病历，神情是那么专注……

当天晚上，酒喝得很闹，亲戚和朋友一拨一拨拥上来给我敬酒，说的大都是"大难不死，必有后福"之类的祝福话。

但愿如此。岁月轻轻浅浅在时光里留下痕迹，见证着人生的悲欢。

那一刻，我被欣慰和幸福笼罩着。喧闹过后，一切归于寂静。久违的睡意像海浪一样轻轻袭来。我突然有一种释然。

"观世事沧桑，究人间冷暖"。一株嫩芽破土的疼痛，一朵小花淡淡的清香，都是生命的意义与虔诚。仿佛给人以最细微的震颤和愉悦。

沐浴故乡的风雨，昭示着我在人生最低谷的时候对生命最诚挚的坚守……在病愈的时间里，除了对现实生活的真诚和思考，我盼望早日返回自己热爱的税务工作岗位。为国，为民，逐"税月"芳华，换来纳税人开心的笑颜。

现实中与美好的事物相遇，是对自己心灵的一次洗礼，纵然过程曲折艰险，却散发着尘世的温暖。

花儿在灿烂地微笑，鸟儿在快乐地欢叫，我的心情啊，像吃了蜜一样甜，笑容重新出现在我的脸上。凝视着春夏秋冬四季的变换，记载着酸甜苦辣的日子，才知道生命中的千滋百味。俄国寓言大师克雷洛夫有一句名言："现实是此岸，理想是彼岸，中间隔着湍急的河流，行动则是架在河上的桥梁。"在这个喧嚣的时代，对我而言，能做自己喜爱的事情，这是我的幸运，也是我的命运之魅，更是我对生命的眷恋。可见，人生的风景停在最美的时光里。

岁月匆匆，所有的悲伤早已风消云散，所有的痛苦也因我身体的快速恢复而显得不足为道。曾几何时，我病情的变化牵动着家人和朋友的心弦，而如今，这一切终将远去，无论当时是那么的曲折多变，无论当时是那么的令人心碎，无论当时是那么的不可一世，病痛终究会有它的终点，喜也好，苦也罢，当一切都结束时，剩下的只有记忆，留在岁月里渐渐远去。就好比如，人们收拢了满地的落叶，这不是秋的初衷，也无法重新抵达。

夜深的时候，我们的心会唱歌。这些年来，生活在豫南小城固始，我的生活波澜不惊，唯一骄傲的就是找到一位心仪的姑娘成了我的妻子。世界这么大，我还是遇见她。记得当时，我的眼前为之一亮，精神也为之一振。我们相视一笑。渐渐地，她了解我，性子急，心肠好，但脾气犟，只要认准理，九头牛拉不回。庸常的日子里，我迷茫过、失意过、甚至绝望过，她都一直默默支持我，鼓励我，不离不弃，一如月光下的高原，一抹淡淡温柔的笑，让我沉醉在她深情的目光里，感受生命的丰富多彩。她有一颗纯净善良的心。对我来说，这就够了。

时光如流水不息。心若浮尘，浅笑安然。人生不足百年，就那么匆匆数十年，在悠长而又短暂的生命中，我们终将有一天会走到生命的尽头。我们又何尝不应该珍惜每一天呢？终将明白，总有一种情愫无法用言语来表达。

心中有爱，处处是春天。有些事，过去了很久，有时偶尔想起来，依然温暖而美妙。

四

放在桌上的手机响了。又有朋友生病住院了，是慢性病发作，他打电话支吾半天，才向我表明要借 2000 元急用。我知道他平时挺爱面子，于是就爽快答应了，说马上送过去。他说不用了，他上中学的儿子就站在我家门前。原来他借钱不是用来治病的，而是为儿子交学费啊。

生活如此难，怎么过？一笑而过。活在当下，享受当下。如果迷失、如果彷徨、如果纠结、如果郁闷……面对所有的一切，那么，请你统统放下吧。

我抬头看着天空，没有雾的小城天空上，有一朵云飘过。

清新亮丽的画面，薄而透的云烟，时光也不急不慢，婷婷袅袅的伴着我们人生的清欢。

岁月悠悠，流淌的不是逝去，像河水里、河岸上的万物，在生出，在生长，在生生不息。家乡的史河，是淮河的一条支流，为大河又增添一条汊流。在日子里一天一天长大，在史河岸上，我像史河一样，是故乡大地上的一株花草，渴望自己是史河里的一滴水。喝着史河水长大的人终究还是远离了史河，就像所有短暂的相聚又别离，内心不起半点儿涟漪，可是河流的气息还在，带给我们故乡熟悉的乡音和内心无法泯灭的记忆。而今，再也不能聆听父亲的教诲了，他在 2018 年初冬时节永远离开了我们，离开了他眷恋的尘世……

那天，我很难过，匍匐在父亲渐渐失去温度的身子上哭。毫无疑问，在世间再也找不到这样一个怀抱，来哭上一场。

人生跟着日子长大，心如止水，开始安静。连日的劳累，让我精神疲惫。回乡下的老家的念头在脑袋一闪，顿感飘飘然，十分轻松惬意。

回到故乡，行走在寂静的村庄里，走过小路，趟过小河，穿过树林，周遭充斥着清新的味道，花朵在阳光下跳舞。不远处有一围小小的篱笆墙，纤细，温柔，一如母亲慈爱的眼神。

晴空织染的税务蓝，初心如水永不褪色。

仰望飘在故乡小城的云，一样的秋收冬藏，不一样的人生故事。我喜欢在无事时顺着村边的河沿走，脚步轻轻，一步一个寂寞空庭。

夜色温柔，这世上不是所有的事情都能如你想象的进行，这是现实，接受就好。生活中，再苦再累，我们也不能失去对美好生活的憧憬，让生命起舞。

　　故乡，我曾经多么渴望见到你，我也没有真正离开过你。时光流转，你已改变了容颜，不见当初的模样，过去的就不再怀念，还有曾经的伤痛。

　　乡亲们眼神里的睿智和通达让我的呼吸变缓、脚步变轻。很多时候，我不愿打断他们的遐思，我隔着波光潋滟的水塘，把他们深情眺望。

　　乡村的夜晚总是来得那么早，劳累一天的乡亲们早早躺下，没有灯光，星星就格外闪亮。

　　命运会厚待善良的人，好过一颗冷漠的心。面对一个个真诚的目光，有话要说，有感情要倾吐。感恩与珍惜，让每一个生命，都不曾错过属于自己的季节。我们都有藏在心里的人，夜深的时候，我们的心会唱歌，生活如此才会波澜不惊。

　　匍匐于尘埃中，故乡夜色月明星稀。我心潮澎湃。因为期待，所以美好。如果我还记得那些止于父辈的泥土，深埋了结痂的月色，我没有流泪。闻着泥土芬芳，不喧哗，不浮躁，你带给我的都是幸福，都是喜悦，都是往前走的信心。

初上井冈山

井冈山，谁不心向往之？小时候，曾经读过《井冈翠竹》，听过《朱德的扁担》，看过《杜鹃山》，唱过《映山红》……神奇的井冈山，时常令我心驰神往。

金秋，井冈山区的雨后出现云雾缭绕的景观。蒙蒙的秋雨、环绕的层层白雾，为这一红色圣地平添了几分秋韵。

初上井冈山，我第一次被一个个革命故事震颤和井冈山精神感动。

当天下午，是现场教学，对我们进行革命传统教育：历史长河中的井冈山斗争。

小尹老师带领我们冒雨步行来到井冈山革命博物馆。该馆是为纪念共产党创建的第一个革命根据地井冈山而建立的，当然，其中不乏可歌可泣的人物和一些重大历史事件的回顾，并且还陈列着整个井冈山的地形地貌，以此说明在此建立革命根据地的原因。

进入井冈山革命博物馆，仿佛穿越于历史的烟云，重温那段铁血奋战历程，一张张旧影，一件件旧物，再现了红军在根据地战斗中浴火重生的历史，红军的精神已融入这座城市的文化血脉，成为井冈山人民心中一座不朽的丰碑。先进的展陈设备、丰富的馆藏文物、多样的宣教形式给来馆参观的人们留下了深刻印象。对于老人来说是一种回忆，对于年轻人是一种激励，对于孩子们更是一种教育。和其他博物馆比起来，我觉得井冈山革命博物馆有一大好处，它就是把所有当年在井冈山根据地出现的名人都分别做了生平事迹介绍，可以让你轻松回顾当年先烈们的壮举。

从井冈山革命博物馆出来，我们步行不到 10 分钟来到井冈山斗争全景画馆。该画馆是一幅长 112 米、高 18 米、由全景画、地面塑型和高科技声光电演示系统三部分组成的全景画轴，代表了全景画创作的世界最高水平。整个全景划分八个场景，第一次创造性地将井冈山斗争的重大事件与五百里井冈的秀丽风光完美地融在一起，第一次用全景画反映历史的过程，第一次在全景画上配置高科技的声光电演示技术。

我们迈着整齐的步伐进入馆内，偌大的全景画生动地展现在眼前，顷刻间仿佛感觉穿越了八十年的时空，回到那个峥嵘岁月，亲身领略井冈山斗争时期的风起云涌，聆听朱毛会师的欢呼声、黄洋界保卫战的枪炮声……

这幅震撼人心的全景画真实反映了井冈山斗争时期三湾改编、大井练兵、茨坪安家、井冈山会师、八角楼灯光、龙源口大捷、黄洋界保卫战和挺进赣南闽西等重大历史场景，形象、直观、生动地展示了 20 世纪二三十年代五百里井冈秀丽山川……

该场面宏大，灯光音效炫得不能再炫。真是令人神往。"真是大手笔啊，用鸿篇巨制来形容再贴切不过了。"同事老王观展后忍不住连连赞叹起来，"你看，这全景画上面每座城楼、每次战斗，甚至每条山路的场景都很逼真，活灵活现。真了不起啊！"

从井冈山斗争全景馆出来，大家可以用"波澜壮阔、气势恢宏"八个字概括了此次观赏。画面宏大，特别是在人物的刻画和笔墨上，既有古法和传统的传承，又有新的发展。

据了解，创作这幅全景画，仅各种颜料就用去了五吨之多。啧啧，咋不令人称奇。

9 月井冈山的秋风细雨缠绵绵。

井冈山革命烈士陵园是为了缅怀老一辈无产阶级革命家创建井冈山革命根据地的丰功伟绩，弘扬井冈山精神而兴建的。1987 年 10 月，井冈山革命烈士陵园在茨坪北面、山体如一座罗汉大佛像、林木葱郁的北岩峰落成，坐北朝南。

来到这里，经过陵园的主大门，首先映入眼帘的横式牌坊园标"井冈山革命烈士陵园"烫金大字，这是参加过井冈山斗争的老红军宋任穷同志题写。

我们瞻仰了井冈山革命烈士陵园，缓步进入纪念堂，向长眠在这里的先烈们敬献了花圈，并深深地鞠了三个躬。在毛泽东题写的"死难烈士万岁"汉白玉墙壁前，我们面对着党旗，举行了庄严的入党宣誓，重温了入党誓词。

随着缓缓流动的人群，我看见了在纪念堂大厅正中，安放着一块汉白玉的无字碑，它寄托着人们对那些没有留下姓名的革命先烈的深切怀念，同时，它也默默向人们述说着当年井冈山斗争血雨腥风的艰难岁月……

一位漂亮的讲解员向我们介绍，自 1927 年 10 月至 1930 年 2 月，两年零四个月的时间里，整个井冈山革命根据地共有 48000 多名红军将士献出了年轻的生命，而在纪念碑上留下姓名的只有 15744 人。当年，敌人占领井冈山后，实行了惨无人道的烧杀政策，疯狂地叫嚣"石头要过刀，茅草要过火，人要换种"，在血雨腥风中，五大哨口之内的房屋全部被烧毁；茨坪、大井三分之二的群众被杀害，那一幕幕如何忘记啊，"村中留残墙，坡上走虎狼；山中猴子哭，田边锈水淌。"多年后在先烈倒下的地方，像春天的竹笋，像春天的杜鹃花，芬芳人间。

全陵园四季绿树常青，素花点缀，显得庄重而肃穆。陵园整体建筑包括陵园门庭、纪念堂、碑林、雕像园、纪念碑五大部分。

当时，天空继续下着绵绵的秋雨，人们仍然从四面八方赶来拜祭先烈们，感人的场面震撼着大家的心灵。

沿着山道向左至右地走一遍，也就是我们虔诚地对先烈们进行了一次拜谒。在纪念堂向英魂鞠躬，在纪念碑向英灵致意。

活在尘世

这个春天，我有点悲伤，但心不荒凉。

从蓼城大道南段穿过，往前走到秀水路，再向北拐，进入僻静的巷子，便能看见一处坐北面南砖砌墙的别墅小院，红漆大门的左上方悬挂着明亮的"光荣之家"牌子，那就是我安身立命之处、温馨的港湾。

推开虚掩的门，淡雅的生活情趣在这里散发，四周是砖砌的隔断墙，简单的分离出了一定的空间，青石板铺成的地面，再加上院子里栽种了很多盆栽和花木，新鲜的色彩点缀，散发着浓郁的生机与活力，古典气息弥漫，仿佛承载着往日不能忘怀的记忆。

庭院里异常寂静，抬头看，妻子倚在二楼阳台，午后柔柔的阳光，映照在她恬静的面庞，满脸写满温柔。

好久不见阳光了，她面向天空，贪婪地享受着片刻温暖。

我心底的弦就被拨动了。我想对她轻柔细语，原来有一种陪伴可以是淡淡的守望，原来有一种想念可以真真切切的感受到，那些经年的脉络，还在周而复始的辗转，悉数着聚散离合，拾捡回忆，曾经走过的路，所有的风景，仿佛都云淡风轻。

曾记得，前些年，我突然遭遇车祸，万幸的是手术治疗后没有留下后遗症。不知道是不是因为术后体质恢复缓慢造成的，还是其他啥原因，我整个人显得昏昏沉沉的，特别想睡觉，心情也特别差，动不动就发脾气，想控制都控制不了，这种状态，不适合去单位上班了。医生建议让我请假在家里静养三个月，局领导表示理解。那段时间，我的情绪低落到了极点，被迫待在家里。无所事事，我变得郁郁寡欢。

善解人意的妻子瞧我闷闷不乐的样子，她心里也不好受。有一天，她竟然把一大摞书摆放在我面前。原来，她一大早就出门，骑着电动车跑遍城南城北几乎所有书店选购了这些书籍。

惊喜之下，细细翻阅，那些书全是我平日求而不得的经典名著啊。

如获至宝。用这词语形容我的心情一点也不为过。我接触到了那些书籍，读书让我变得更加平和，更加理性，更加充实了。有书相伴的日子，我不再那么焦虑了。

有一种懂得，不必多惊艳，只淡淡的，如春风化雨，滋润着心田。

没有什么比读书更让我走进世俗，也没有什么比读书更让我远离尘嚣。有那么一段时间，书柜里摆列整齐的书籍就成了我的精神伴侣。于是，寂静无人时，常常与它们作无声的交流……

就在这种犹如梦幻的空间里，我仿佛穿越回到了唐诗宋词的朝代里，幻想与书中的主人们对酒当歌、谈笑风生……这又是一种多么诗意的境界啊！

书卷多情似故人。当我们在书香的熏陶下，汲取了更足的精神原力，则天变仍不足畏，人言仍不足恤，获得更多抵御命运多舛的强大信心。可以说，正是读书，让我们遇见了更好的自己、更好的世界。

读书，与年龄无关，与职业无关，与环境无关，与收入无关，与身份无关，它是一种精神生活和灵魂活动。读了书，你就进入了另一个世界，另一个时间，另一个意境。

微风轻拂，一次次地叩响我的心房。收税之余，平日素爱阅读和写作。生活在城区，衣食无忧，经常做这些事，没有人逼我，纯粹是业余爱好。这种业余爱好成为我唯一的追求，既快乐又志忐，那里藏着我少年时的绚丽梦想。据了解，很多作者是经过了深思熟虑才开始动笔，而我经常凭着一点好奇心就莽撞行事。

闲下来的时候，我像长不大的孩童，喜欢四处奔跑。市井生活的真实、鲜活，陆陆续续在我的笔下复活。南来北往，不论什么远与近。一条道儿你和我，都是同路人，静静欣赏属于自己的风景，不打扰，不炫耀，不言好坏，不谈悲欢。

漫漫人生路，有梦想你就追逐，不留遗憾和后悔。"对于一个爱好读书写作的人来说，首先要有丰富的生活经历，对生活有敏感深入独特的感悟。"真是不谋而合。朋友这么说来，我有无尽的欢喜，肆意挥霍着笔耕的乐趣。

我很喜欢作家李汉荣说的这句话："我们身边的一草一木，都怀有一颗柔软敦厚的心，把我们供养。"我牢牢记住，对当下人们生活状态和精神状态的书写，准确、深入、意味深长，扎实地呈现出了一个成熟的写作者应该具备的笔力和洞察力。这是我们必须遵循的写作准则，也是对每个生命的尊重。

挡不住文学的诱惑，这些年来，庆幸的是，结识了以前只闻其名不见其人的一些文学名家和文坛新秀，聆听了文学前辈们一堂堂对文学写作深入浅出的剖析，结交了那么多情真意浓的文朋诗友，结下了终生难忘的情谊。不少著名文学奖的获奖者也在其列。比如，李佩甫、刘庆邦、邵丽、乔叶、杨晓敏、冯杰、张晓林、奚同发、葛一敏、蒋建伟……感谢你们，是你们的出现，惊艳了我的目光。

贾平凹曾经在《关于写作的秘密》一文中写道："作家为什么强大？就是要不停地作战，不停地写对手，在写的过程中自己才能强大起来。"

振聋发聩。多么熟悉的声音，激起心底的涟漪，感受到来自名家的关心和支持。我也知道自己是如此的渺小，更感到自己在写作上有那么大的差距。在羡慕的同时，我也给自己定下了新的创作目标。毕竟这个世界上，只有一种成功足以让自己欢喜欣慰，那就是按照自己喜欢的方式生活。有时候，快乐幸福就在于如何解释眼前发生的事情，说服不了别人，就只好说服自己。

"文章写得有血、有肉、有温情，让读者看得懂并且又喜欢看，这才算是好文章。""有阅读之处，就有勃勃生机，就有美好希望。"……寥寥数语，温暖着鼓舞着喜舞文弄墨的我。多年孜孜不倦的追求伴随我的人生旅途。回到日常生活中，看淡名利，闲散阅读，写作的时候，我是很快乐、很放松的，也时时渴望自己争取能写出传世的厚重之作。

幸运的是，走的这条写作路，赢得了家人和朋友的理解和支持。因为始终有两个字相伴着我左右：懂我。

面对你们信任的目光，甚是欣慰。往往这个时候，我和你们一样，需要热情、智慧和勇气。

突如其来的新冠瘟疫无论是对于个人、对于国家、甚至对于时代、对于世界来说，都是一座沉重的山。

当武汉那冰冷的数字一天天蹿升时，当许多医务人员缺少武器时，那些远在他方的人，尤其是文人，你可以选择沉默，但不必虚伪，更不能摆出一副道德绑架的姿势，让徒手的生命以勇士的样子挺住。

不自矜，不自屈，不断读书，不崇古，不媚俗，不违初心。

"你对读书感兴趣吗？"读者想问的，我也想知道答案。

读书不是名利之路，而是修行之桥。花开花落，云卷云舒，是阅读，让我知世故而不世故。读书是灵魂慰藉，让我怀有一颗慈悲之心，低眉欢喜，却也在骨子里藏一份书卷气，不惧岁月，无量悲欣。那是一个个值得我们久久回味的温情故事。

活在尘世，有温暖的阳光。此时，萦绕在灵魂深处的不再是世间的琐事，而是那经久不衰的书香。

不负春光不负卿

当今，社会风气越来越浮躁，有谁还会静下心来去阅读？

步履匆忙，生活节奏越来越快，我们将精神拉到最紧张的状态，偶尔的放松或许也只是一觉睡到自然醒。面对碎片化浅阅读时代，渐渐地显现出那份沉淀于纸墨文字中的安静之美的可贵。纸质读物较于电子读物更容易被人们所记忆。徜徉在字里行间，心不再喧嚣，人不再浮躁，那种于书海畅游的安逸，那种与书中情节同悲同喜的情结，那领彻于散发着墨香的感悟，会使你如品一杯香醇甘饴的茶，有一种宁静、惬意、怡然自得的体味。

大千世界，色彩斑斓。闲暇，我也会关注订阅一些公众号和网络平台，比如学习强国，人民网，中国作家网等。那些公众号时时传递熟悉而亲切的气息，温暖着我们的心。无论是网络阅读，还是纸质书的阅读，那是要营造一个属于自己"心灵自留地"。

有趣的阅读，让我们挡不住油墨的馨香。现实生活中，我们"车如流水马龙"地向前直滚，不曾留下一点时光做一番静观和回味。随着新媒体的迅猛发展，博客、微博、微信、抖音等等已经成了很多人的习惯，极大地改变着我们的生活和阅读方式。在上班路上，在会议间隙，在候车时，甚至在和朋友亲人聚会时，很多"手机控"、"低头族"都在一切可能利用的碎片空间里，寻求一个"合适"的位置，将自身"寄存"于手机，任由各种信息摆弄。诚然，与眼花缭乱的刷手机相比，读书更能够使人远离纷扰的环境，保持内心的沉静。大伙儿相聚在一起谈起读书，总是抱怨太忙没时间，但偏偏又能挤出时间刷微博、玩微信、看视频。其实，读书可以专心致志，也可以"漫不经心"，仿佛行云流水。曾国藩曾经说过，读书能改变一个人的气质。"人之气质，由于天生，本难改变，惟读书则可以变其气质。"闲时与书为友，可以为浮躁的心找一座宁静的花园，让平凡的人生历程更加丰盈起来。

有趣的阅读，让我们阅读经典常读常新。在碎片化的时间里，我们保留一份阅读的从容，自己可以做出有益的选择。阅读一些轻松无负担，但同样不失经典的书籍。法国作家阿兰·罗伯格里耶说过，书籍分两类，一类因读者而生，这是一些消费量很大的书；另一类而在文学史上留名的书只能是那类创造读者的书。多读书，读好书，尽可能地少刷屏，多读一些经典书籍，在有角度、有温度、有态度的书籍中汲取营养，润物无声地认识自己、修正自己、完善自己。

有趣的阅读，让我们珍惜幸福时光。阅读需要时间，越是海量阅读，越是需要时间。越是刷屏时代，越应回到书本阅读。拒绝喧嚣的网络，腾出更多的时间读书，是需要勇气的。陶醉在书海之中，倾听心灵的声音，触摸曾经的感动，追忆风花雪月的幽梦，感受灵魂深处的脉动，放飞理想的风帆，掘取知识的宝藏。虽然生命如流水，随即而逝，但我们可以通过读书穿越时光，感叹沧海桑田的变迁，感悟国盛人兴的辉煌。心中期许，笔下风云。

有趣的阅读，可以让我们灵魂洁净。爱上阅读，去欣赏书中的各种精致风景，让这片风景去美丽我们的人生，来丰盈我们每一个日子。在浩瀚的书海里，总会有一本书，写尽悲欢离合，说尽细腻心事，道尽生活之美；也总会有一本书，藏着你想要的生活，触及到你内心深处最柔软的地方。如果一天不读书，觉得就好比天上风筝断了线。书香就像一杯清澈纯净的水自然而然地进入我们的身体，滋润着我们的心灵，触动着我们的灵魂。

收税之余，我经常涉猎一些古今中外的文学名著，也常常因一个感人的情节而如痴如醉，为一个主人公曲折的命运而悲喜流泪，也为作者深邃的思想，杰出的才华而崇拜倾倒。从列·托尔斯泰的《复活》到梭罗的《瓦尔登湖》，从奥斯丁的《傲慢与偏见》到奥维德的《变形记》，从巴金的《家》《春》《秋》到冰心的《小桔灯》《寄小读者》，从王蒙的《这边风景》到林白的《北去来辞》，从刘恒的《天知地知》到李佩甫的《生命册》，从刘庆邦的《家长》到邵丽的《我的生活质量》，从红孩的《阅读真实的年代》到陈峻峰的《三炷香》，从张晓林的《书法菩提》到奚同发的《你敢说你没做》……任凭书中跌宕起伏的情节把自己的心情渲染成一片疏离。因为懂得是一种慈悲。

每一个人，或许都能从这些文字里找到自己的缩影。或悲，或喜。当然，我们每读一本书都有不同的感悟和收获。没有想象力的作品是没有灵魂和生命力的。掩上书页，细细品味书香，笑意便会爬上嘴角。

新冠肺炎疫情袭扰下的庚子年春天，宅在家，阅读了很多关于生命方面的书，让自己烦躁的心情与疫情一样渐渐散去。与书相守是一段静美的光阴，躲开喧嚣的市声，目光在散发着油墨清香的书页之间蹁跹，心便如蝴蝶一般轻盈、飞扬……通过鲜活的文字，深刻感受到历史的风云激荡，岁月的艰深悠长，心无挂碍、简单朴质，世间万物皆有生命。

不历冬寒，无以知春暖。如果你怀揣一颗读书的玻璃心，即便世间春风十里，也会感觉春风扑向你。

大街小巷，温和的东风吹散了一冬的凄寒与寂寥，整座城市从沉睡中苏醒，显得神采奕奕，每个人的脸上都洋溢着温暖的笑容。书卷多情似故人。在春天里读书，不负春光不负卿。与君初相识，犹如故人归。读一本好书，就像同好友交流，取长补短，绵绵不倦。有时，我们会因一束蔷薇的绽放而喜逐颜开；有时，我们也会因一片叶子的飘落而寂寞伤哀。其实，大自然中的能带给我们感受的事物数不胜数，而最能撩动人们的心弦的，却是读书。

心中是春，花香自来。细数指间流泻，凝眸处，应是书香最彻心。我始终相信，在阅读世界的广阔天地，隽永的文字终将一点点流入血液，融进骨髓，刻到灵魂。

人生路上，微笑向暖，安之若素。放下手机，关掉抖音，放弃那些八卦消息和无聊视频，且让灵魂遁于纷扰的世间，整理好行装，让我们携一卷书，揽一份从容，选一个暖意融融的春日，奔向心灵的诗和远方，一起见证书香岁月的静美。

后 记

缤纷多彩的春天悄然而至。

不知不觉，时间已沿着季节的脉络走到了四月。草木悄然更新着绿意，花朵初露娇色，微风也变得轻柔起来。被风吹起的花香溢满大地上各个角落。人们步履匆匆，或谈笑风生，或神情凝重，或思考人生。

在这荒芜与繁盛交替之时，依稀可看到生命经历蛰伏后的迸发。给你一个安静的角落，避开外面的喧闹，安静地躲在文字背后，读一本书，往往就是在阅读一个人的内心世界，阅读人世间的悲欢离合。

陌上柳色浓浓，花田晴日暖风。喜欢这样一句话："以清净心看世界，以欢喜心过生活，以平常心生情味，以柔软心除挂碍。"如果你拥有一颗柔软心，那你就是触摸生活的可贵品质，也是让生命更坚韧的大智慧。

现实是很残酷的，人性也是多变的，人心更是飘忽不定的。之所以这样说，人与人之间，通过合作而不是竞争来获得满足，体现了对人性之善的歌颂，壮阔美丽的生活，让人们在互相感知到彼此的奉献与信任，将人性之光展现无遗。

那天傍晚时分，在城区中原路南段一个路口，遇见一位年逾古稀的修车老人。他弯着腰弓着背正在路边吃力地修理一辆三轮车。只见他缓慢却又熟练地给车胎打磨、上胶、补漏、充气，不一会儿就把前车胎修补好了。在跟老人聊天的时候，我随意拍下他修车的镜头，有些镜头，恰似斑驳的油画，会引起浮想联翩，发到朋友圈，立刻就获得众人的点赞和留言。

真正的善良，是柔软的。朋友说我热爱生活，有悲悯情怀。

淡然面对这世事纷繁，坚守初心不忘本，守护所爱不逐流，追寻你的梦想不停顿。灿烂之极，归于平淡。在这里，容易营造诗意的居所。我想和你聊一聊关于书的话题。有些书是用来消遣的，是过眼烟云；而有些书，是真诚坦率的肝胆相照，是作者胆识，心智磨砺的所得，饱含着作者的思想感情与丰富的社会阅历，人间真情，都市风情，乡村故事，今古传奇，真情道白，如话家常，娓娓道来。恰似一杯清茶，意境悠远，回味无穷。

细雨呢喃，低语倾诉，这一生要努力活出自己的样子。那年，遭遇车祸，留下残疾。路遥曾经说过："人的生命力，是在痛苦的煎熬中强大起来的。"多年来始终与文字为伴，坚持真情写作，用真挚的笔触诠释心灵，愿以朴实和感人的文字向朋友呈现在不同境遇下，有如春天般蓬勃的生命力。

光阴若白驹过隙，时间流逝，人亦会渐渐老去，唯有不变是良知。于是，我的内心逐渐起了波澜。我依然用自己喜欢的方式整理我生活中的片段，不求名利，只为感悟生活的点滴。

最开心的事就是阅读自己的文字。当我开始着手整理文稿前，恰逢清明节，我去老家给父亲扫墓。这次扫墓时间比以往任何一次都长。近几年来，大伯父、大舅父、父亲、二伯父等生命中至亲的人先后离去。那天，我一个人坐在静立在旷野的父亲墓前，和父亲聊了会儿天。父子相谈的日子已经永远成为过去。临走时，我把刊登有我写的关于父亲的文章的两本杂志焚烧在他人家的墓前。我模糊的视线里，依稀看见父亲，看见他慈祥的脸。我曾那样虔诚地匍匐在田野里，为父亲祈祷。

回不去的曾经。花间一壶酒，沉醉在清风明月中。所有发生的故事和构成的风景已复制不了。有些事情，一如沙滩上的足迹，波浪过之后了无印痕；有些情景，如梦似幻般掠水而过，泛起斑斓的涟漪；有些音符，像翅膀打开一角天空，雨花开满记忆的枝头……所有一切已成为昨天，或将凝聚成为生命的册页。

岁月在不知不觉中告别。一辈子能有多少知己，一个眼神就心有灵犀。我承认自己是一个率性而为没有章法的性情中人，征税之余，有些不务正业，喜欢在文字间游走，情绪来了，天马行空，无拘无束，顺手写上几笔，承载着我心事的文字开始在心头蔓延，在生命里流淌。

告诉你，不要着急，最好的总会在不经意的时候出现。从税路上，怀揣一颗赤子之心、真诚之心、性情之心，始终永葆前倾姿态，渴望笔下的一山一水、一草一木，都寄寓着自身的情感体验、生命精神和人文情怀，如同一线阳光，温暖地辐射在豫南故乡的大地上，让辽阔的尘世缀满金灿灿的光芒。就这样演绎成一面多情的旗帜，以善美在生命中飞扬，让每个角落，都能聆听到笔尖起舞的回声……

曾经在微信里读到：陪伴，就是不管你需要不需要，我一直都在。

尘世间的繁杂止于内心的平静，哪怕走在熙熙攘攘的人群里，内心也是草木之心。欢喜着一草一木的变化，抬头看天，低头走路，这人世的浓烈不必沉醉，浅尝辄止。

相由心生，好的缘分，在于交心。朋友有点心疼我，告诉我"别熬夜"。我尝试过，晚上十点多上床消息，也不玩微信、抖音、快手，试图什么也不想，放下白天读过的书，不去思考喧嚣的人生。

夜色阑珊，我辗转反侧，夜不能眠。终于，我还是起来了，站在窗口。我就这样辜负了朋友的劝诫。朋友住在对面的五楼上，窗户依旧透着亮。朋友骗了我。我知道是善意的。

生命匆匆，请善待自己。叙事真实，一部税人俗世生活的真实之书；感情真挚，一部缤纷四季之旅的真情之书。散文集《遇见你温暖我》，是我的第六本作品集，分为六卷编辑成册，里面的文字基本上是我今年刚创作的。多么期望有些文章，像风一样传遍民间，像《三国演义》《水浒传》《西游记》《红楼梦》《封神榜》《朝花夕拾》《子夜》《寄小读者》《平凡的世界》《人世间》一样，洒向在田间地头，奏响一曲曲激昂的乐章，留下一行行坚实的足迹，让人津津乐道。也许这是我永远做不到的，面对朋友，我惭愧无比。

四季皆美，春来情更深，尤其在庚子年的春天里，因为经历过，所以倍加珍惜和感恩。春天会记得，新绿来过，花香来过，感动来过。我们以欢喜心，听世间的美好声音。欣赏一个人，始于颜值，敬于才华，合于性格，久于善良，终于人品。不错，说的就是你。

年年岁岁花相似，岁岁年年人不同。珍藏最美的遇见，写下生命的珍惜，用心去储藏世上最美的懂得。倘若《遇见你温暖我》迷上你的眼，那么我就心满意足了。

风中的蔷薇摇曳，一朵足以陶醉心怀。生命中，总会有一段回忆起来足够感动的时光。那日，在小巷，偶遇一位喜欢蔷薇的女子，花衬着娇容，鬓染香风心无尘，一颦一笑皆动人。感恩遇见，不负不欠。欢喜和遇见，将会在最好的时刻抵达。每一天，每一季，都要过得丰盈而笃定，不媚，不迎，安然，寂静。愿世间所有的美好都与你环环相扣。

浮生一梦，回望来路，最绕不开的就是写作。在此，真诚感谢军旅著名出版人凌翔先生的精心筹划、陈一文女士的精美编排，同时更要感谢我的领导王军先生……是你们长期以来的关心和鼓励，让我那最初的愿望，仍持续灿烂！

文学是人心最后的温暖。我是幸运的，遇见你们，那是我心中的景致。

李永海

2020 年 6 月于河南固始